簡單的一碗料理
健康的碳蛋脂均衡飲食
高CP值的健康餐
一天一餐營養均衡健康碗
不用再煩惱在家吃和便當的菜色

正如有能做出美味料理的食譜，會不會也有能帶來笑容、治癒與成長的食譜呢？
在這充滿似是而非訊息的世界中，Recipe Factory將成為能給你小小幸福的簡潔食譜。

一碗好享瘦

吃得營養，也能瘦，輕鬆吃出健康體態

健康料理研究家
裴靜恩 著

黃鏡芸 譯

為了讓健康生活習慣
能持之以恆，
要不要試著將一餐改為
「碳・蛋・脂
均衡比健康碗」？

過去二十多年來，我在他鄉唸大學與研究所，而後進入職場，逐漸熟悉一個人生活。即便任職於Test Cook組負責開發健康料理，有時卻也會以工作繁忙為藉口，讓外食、外送以及飲酒成為我的日常飲食。直到三年前，我回到故鄉和父母一起生活。我的父母將「健康」視為人生中最重要的關鍵字，平時也總是奉行健康飲食。與他們一起生活後，我才有機會將自己的飲食習慣改變為原先和父母相處時就已經知道、卻一直難以實踐的健康飲食。

雖然我偶爾也會受到外送或垃圾食物的誘惑，然而在父母宛如雷達般的監督下，想成功並不容易。所以我和自己訂下折衷方案，一天當中可以有一餐選擇自己想吃的料理，不過另外一餐一定要吃得健康。畢竟三餐都要計算熱量與營養成分，實在不容易。在這之後，我被外食與酒精吸引的次數逐漸減少，就算要點外送，也會想選擇較為健康的餐點。要實踐一天至少一餐吃點能淨化身體的食物其實很容易，還能感受到「我今天也成功做到了」的小小成就感。現在的我，一天一餐健康飲食已經跨越三分鐘熱度，持續了一季、度過了一年，成為日常生活中不可或缺的一部分。

一天一次的健康餐，有時是和父母一起享用的一桌菜餚，更多時候都是由我自己簡單製作的一碗料理。菜色都是從我在過去十多年間，作為Recipe Factory主廚時親自開發的健康料理雜誌《The Light》，以及健康食譜書中介紹的料理去做各種變化。這些受到眾多讀者喜愛的書籍，成為我的日常飲食指南，也是開發新食譜的養分，讓我創作出更多樣的健康餐。

為了這本書，我從自己常做來吃的健康碗中挑選特別美味且好上手、連身邊親友也稱讚的菜單，還調查分析了最近有名的健康餐專賣店菜單。在上述過程中，我選出最能夠開心享用的四種健康碗——夏威夷拌飯（編注：臺灣又稱「波奇碗」）、沙拉碗、優格碗與濃湯碗。如果是平時就很關注健康餐的讀者，想必這些都是常接觸到的料理。另外，為了讓每份食譜的碳水化合物、蛋白質以及脂肪比例均衡，且富含維生素與礦物質，我在開發過程中也重新審視食譜，分析每道料理的營養價值。本書使用的食材不含精緻澱粉，富含優質蛋白質與脂肪，也有足夠的膳食纖維，幫助均衡攝取營養。也就是說，這是一本收錄各種能帶來飽足感，卻又吃得輕盈的一碗料理。

如果想持續執行一天一餐健康飲食，料理本身也得夠美味才行。所以我選用能打造出多種滋味且色彩繽紛的食材，增添自己做來吃的樂趣及美感。為了讓製作健康碗變得更輕鬆，本書也介紹如何提前分裝食材，並事先備料。另外，為了將購買的食材用得一點都不剩，本書也提供不少混用各種食材的方法，以及食材的替代方案。由於健康碗的料理過程十分簡單，也很適合製作成便當或早午餐。

從某方面來說，將食物吃到肚子裡的時間其實很短暫，也可以視為是單純為了補足身體所需營養的過程。然而如何食用各種食物，其實也會對自己整體的生活風格形塑帶來偌大影響。

不知不覺，我已經到了該準備好要在「健康」這個關鍵字上付出時間與費用的四十歲了。希望本書提供的食譜，能幫助那些和我一樣想吃得輕盈又健康，卻不知道該怎麼做而感到茫然，或是好不容易找到辦法，卻因為料理起來困難又繁瑣、沒有信心能持之以恆的人。另外，我也期待對追求健康生活的人而言，「碳・蛋・脂均衡比健康碗」會成為能讓你們願意持續料理的健康餐。以一碗料理涵蓋該有的營養、美味、口感以及賣相，希望各位能將健康碗當作綜合保健品，每日服用，變得更加健康。

最後，我要謝謝我永遠的導師——朴成周主編，是你的信任與幫助，讓我能夠順利出書。另外，對總是不吝給予支持的父母，我也要藉這個機會表達我的感謝。

二〇二四年四月 ———————— 裴靜恩

目錄

36 Poke Bowl

82 Salad Bowl

在跟著食譜動手料理之前，請務必閱讀以下內容

本書收錄五十五道碳・蛋・脂均衡比健康碗的食譜。
在跟著食譜動手料理之前，請先確認食譜的構成要素，靈活的運用食譜吧。

4 能夠看出烹調過程的照片
準確分析在料理時容易出錯的部分。為了讓讀者能夠確認料理過程，放上大圖供讀者仔細確認。

5 新穎又多樣的食譜改良與運用方法
介紹可替換的食材、如何吃得更輕盈，以及如何增加飽足感等各種改良與運用食譜的方法。

1 能夠了解擺盤與分量的成品照片和菜色說明
所有的健康碗成品照片都將食材拍得一清二楚，幫助讀者根據照片做出漂亮的擺盤。

2 精確的碳・蛋・脂比例圖表與熱量
為了讓讀者能一眼看出健康碗的碳水化合物、蛋白質以及脂肪比例，本書製作了比例圖表與享用一整碗健康碗的總熱量。

3 能夠一眼看出料理特色的標籤
本書根據食譜使用的食材與營養成分，製作能一眼看出料理特色的標籤。在挑選食譜時，不妨先確認一下標籤。

超簡單　便當　低碳水　高蛋白　高纖　素食友善　作者推薦

超簡單 無火料理，或是能在十五分鐘內輕鬆完成的料理
便當 冷掉也好吃，不會因為裝在便當盒內而變形的料理
低碳水 碳水化合物含量相對較低的料理
高蛋白 蛋白質含量相對較高的料理
高纖 有豐富膳食纖維，能預防便秘與增進腸道健康的料理
素食友善 近似素食，蔬菜含量高的料理
作者推薦 作者強烈推薦的美味料理

這本書中所有食譜！

使用標準化的計量用具。

- 標準為一杯是200mℓ、一大匙是15mℓ、一小匙是5mℓ。
- 使用計量用具時，盛裝的量要與表面持平才會準確。

- 吃飯時用的湯匙一般為12～13mℓ，比計量匙（大匙）還要小，所以要再多加一點才夠。

蔬菜以中等大小為準，完成的碳・蛋・脂均衡比健康碗以一人份為標準。

- 洋蔥、胡蘿蔔、小黃瓜、栗子南瓜等以個數標示的蔬菜，都是以中等大小為標準來標註個數與重量。
- 除了特殊的情況外，為了風味著想，完成的分量都以一人份為標準。

basic guide

入門指南

BASIC GUIDE

本章將說明為何均衡攝取碳水化合物、蛋白質和脂肪有益身體健康，以及碳・蛋・脂均衡比健康碗採取何種標準來均衡三種營養素。另外，也會介紹本書推薦的四種健康碗——波奇碗、沙拉碗、優格碗以及濃湯碗使用到的食材，以及如何享用才會更加美味又健康。更整理了常用的食材、醬汁以及沙拉醬，請各位讀者靈活運用吧。

* **顧問** 李芝妍（營養學與健康料理專家）

碳·蛋·脂均衡比為什麼很重要？

人體必需的五種營養素——碳水化合物／蛋白質／脂肪／維生素／礦物質。

在這之中，前面三種營養素合稱為「碳・蛋・脂」，除了負責扮演構成與調節人體的角色外，更是能提供身體所需能量的三大必需營養素。

即便吃進相同的熱量，構成該熱量的「碳・蛋・脂」有沒有達到均衡比，對健康相當重要。因為在這三種營養素中，若有其中一種長期攝取不足或過量，各個營養素會對彼此產生負面影響，進而無法完美達成自己的任務。

舉例來說，如果碳水化合物嚴重攝取不足，蛋白質會被當作主要熱量來源，導致蛋白質無法扮演好自己原有的角色；蛋白質攝取不足時，骨骼和肌肉都會因而變得脆弱，頭髮會變細，指甲也容易斷裂；另外，如果脂肪攝取不足，則會對脂溶性維生素的吸收、荷爾蒙的生成，以及細胞功能的維持等造成負面影響。

因此，我們的飲食除了必須兼顧三大營養素的均衡外，最重要的是應透過沒有被加工過的健康自然食材攝取這些營養素。

碳·蛋·脂
均衡比
健康碗是什麼？

是指將碳水化合物、蛋白質，以及脂肪按照適當比例搭配，簡單的將食材都放在「一碗」中享用。除了會以健康的天然食材來料理外，更平衡了美味、口感以及色澤，任何人都可以輕鬆製作，開心享用。因此，接下來將介紹該使用哪些食材才能符合營養均衡、熱量標準，以及碳・蛋・脂的均衡比例。

＊參考 韓國人營養參考攝取量（韓國保健福祉部）

熱量沒有定得很高，減肥時約350～400kcal、活動量較少時約400～500 kcal、活動量正常時則約500～600 kcal，可按照上述情形選擇健康碗食譜。如果活動量較大，或者想吃得更有飽足感時，需要較多熱量的男性請增加食材分量。不過，比起只提高一種食材的分量，最好將所有食材按照原本的比例全部增量，以維持碳・蛋・脂的均衡比例。

根據韓國人的營養參考攝取量，碳水化合物的適當比例為55%～65%。本書則將比例稍微降低，以中碳水量或低碳水量來達到營養均衡。

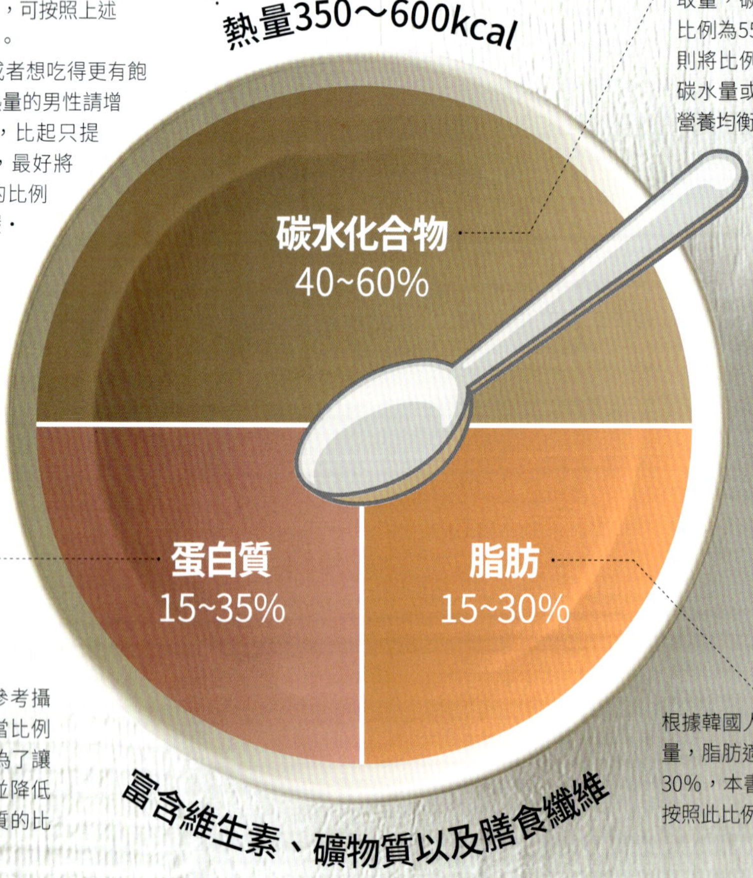

根據韓國人的營養參考攝取量，蛋白質的適當比例為7%～20%。本書為了讓飽足感維持久一點並降低肌肉流失，將蛋白質的比例稍微提高。

根據韓國人的營養參考攝取量，脂肪適當比例為15%～30%，本書大部分的食譜都按照此比例製作。

編注：根據臺灣衛福部國民健康署建議，臺灣人每人每日碳水化合物攝取量為總攝取量50～60%；蛋白質攝取量為10～20%；脂肪攝取量為20～30%。

碳水化合物

* 腦部與身體的主要能量供給來源，1g可提供4kcal的能量。

* 近來因生活習慣而引起的疾病如代謝症候群，便被認為原因在於攝取過多碳水化合物。然而，比起將問題歸咎於碳水化合物本身，真正原因其實來自於攝取過多高熱量或含有較多單醣的飲食，又或是食用加工食品、吃得不健康而造成的。

* 在碳・蛋・脂 均衡比健康碗中，比起能讓身體快速吸收的簡單碳水化合物，選用了富含複雜碳水化合物的糙米飯、蕎麥麵、全麥義大利麵、藜麥、豆腐以及豆類等食材，幫助維持血糖穩定。
上述這些食材富含膳食纖維，可以拉長碳水化合物被人體吸收的時間，也能降低被稱作肥胖荷爾蒙的「胰島素」分泌速度。

蛋白質

* 負責人體內組織構成與代謝調節的營養素，1g可提供4kcal的能量。

* 蛋白質（protein）來自希臘語「proteios」，意思是「重要的」，由此可知蛋白質的確是人體必需營養素。提到蛋白質食物，多數人都會想到肉類與雞蛋，其實動植物中都含有蛋白質。因此，不管是動物性還是植物性蛋白質，都應透過多樣飲食來補充蛋白質。
另外，由於肉類、乳製品以及加工肉品等含有動物性蛋白質的食品中飽和脂肪含量也高，在攝取蛋白質時應慎選蛋白質來源。

* 在碳・蛋・脂 均衡比健康碗中，主要選用肉類中脂肪含量較少的部位、海鮮以及雞蛋等，另外還使用了鷹嘴豆、豆腐，以及蛋白質含量高的超級穀物等植物性蛋白質。

脂肪

* 影響脂溶性維生素吸收以及腦細胞與荷爾蒙構成的營養素，1g可提供9kcal的能量。

* 和碳水化合物一樣，常被誤以為是對健康有害的營養素。雖然經過結構改變的反式脂肪，堆積於血管或腹部會對健康帶來致命性影響，然而脂肪作為有效的能量來源，有助於人體體溫的維持與脂溶性維生素的吸收與運送，是必須攝取的營養素。

* 在碳・蛋・脂 均衡比健康碗中，脂肪扮演極其重要的角色，因為它能延遲碳水化合物的消化與吸收，抑制血糖急遽上升。食譜中主要選用飽和脂肪含量較低、富含不飽和脂肪的橄欖油、紫蘇油、芝麻油以及堅果類。

沙拉碗

優格碗

碳·蛋·脂
均衡比
四種健康碗

本書配合碳・蛋・脂的均衡攝取，推薦四種適合製作成一碗料理享用的健康碗食譜。

包含最近大受人們喜愛的健康餐波奇碗、色彩繽紛又能吃得輕盈無負擔的沙拉碗、因製作方便而備受矚目的優格碗，以及適合在天冷或沒胃口時享用的濃湯碗，讓我們一一認識這四種健康碗吧。

波奇碗

濃湯碗

符合大眾口味，最近人氣愈發高漲的

波奇碗

＊ 可以說是健康外送人氣菜單之一的波奇碗，是經典的夏威夷式料理。「波奇」（poke）在夏威夷語中有「切」、「用十字切法切成塊狀」的意思，是指將生食海鮮與蔬菜切成小塊、拌著醬汁一起享用的料理。放入各種食材的波奇碗，因有著均衡營養素而深受需消耗大量體力的夏威夷衝浪者們喜愛，又被稱作「衝浪者之餐」（surfer's meal）。

＊ 本書收錄的波奇碗食譜是以波奇碗專賣店的人氣菜單為基礎，介紹如何在家做出更加美味又健康的波奇碗。除了最基本的鮪魚和鮭魚等食材外，也會介紹肉類、豆腐、豆類、蔬菜與水果等健康配料，以及各式各樣可口的醬汁。

已成為健康餐的代表，愈來愈為大眾熟知的

沙拉碗

＊ 沙拉的語源來自於拉丁語「salat」（鹽巴），因為最初的沙拉用料十分簡單，僅為生菜配上鹽巴與橄欖油。現在依然有不少人將沙拉視為用來搭配主食的配菜，事實上，如果能組合不同的食材與醬汁，沙拉碗也可以成為能讓人吃得飽飽的健康餐。

＊ 本書收錄的沙拉碗食譜不侷限於一般以蔬菜為主角的沙拉。如果能在沙拉中放入多樣的碳水化合物與蛋白質，沙拉也能有充分的飽足感，分量足以當作一餐。

只要有健康的希臘優格和配料，就能簡單完成的

優格碗

＊ 優格碗是一種在優格中加入水果、蔬菜、燕麥片，以及堅果種子類等豐富食材的健康料理，不僅製作簡單，賣相也佳，因此常出現於早餐或週末早午餐的菜單中。

＊ 本書收錄的優格碗食譜主要使用因過濾掉乳清而變得濃稠的希臘優格。製作時可以選擇單純以優格為基底，也可以放入能為優格增添風味、健康與色澤的食材。另外，除了只加入配料的常見優格碗外，本書也會介紹以優格為基底、卻更像是一道料理的獨特優格碗。

能讓胃變得舒服又暖和，健康滿滿的

濃湯碗

＊ 比起其他種類的健康碗，濃湯碗在製作上雖然較為複雜，但因為有熱騰騰的湯，很適合在天冷時、身體不太舒服時，或者是腸胃消化不太好時享用。

＊ 本書收錄的濃湯碗食譜不同於一般以湯為主的湯品，在濃湯中加入滿滿的配料。有了分量十足的配料，不僅能嚐到多樣的口感，也讓濃湯碗成為有充分飽足感的一餐。此外，由於放入多種食材增添風味，更能將高湯與調味料的使用降到最低，完整呈現食材原有的風味。

四種健康碗
要這樣搭配！

Poke Bowl

醬汁

扮演讓所有食材味道最終能融合在一起的角色。可以按照個人喜好，自由選擇味道香醇、清爽、濃郁以及香辣的醬汁。另外，可以將醬汁倒入，與食材拌在一起享用，也可以另外盛裝，當作沾醬搭配享用。

撒料

是為波奇碗增添另類口感的食材，也可以成為料理的亮點。運用海苔酥、堅果類、口感爽脆的魚卵，以及香醇又酥脆的炸洋蔥絲等能帶來畫龍點睛效果的撒料，將會提高料理的完成度。

配料

考慮到主食與醬汁的組合，負責增添不足的風味，讓波奇碗變得更好吃的食材。
包含能夠增添水份的蔬菜、有濃郁口感的酪梨、雞蛋、鷹嘴豆，以及清爽又脆口的海藻絲、法式胡蘿蔔／高麗菜沙拉與醃洋蔥等。可以根據喜好多樣搭配，也可以選擇使用冰箱中剩餘的蔬菜。

主食

蛋白質食材 傳統的波奇碗通常以鮭魚與鮪魚等海鮮為主，本書則選用能增加飽足感、還能作為料理核心風味的各種蛋白質食材。除了魚類與肉類以外，也建議攝取富含蛋白質的蔬菜、豆類、豆腐等多樣食材，維持營養均衡。
碳水化合物食材 主要使用糙米飯、全麥義大利麵以及蕎麥麵。選擇依據為風味不會與其他食材產生衝突、破壞料理平衡，也有適當的吸水性，能和醬汁完美結合。本書選用的食材除了不會影響碳・蛋・脂均衡以外，建議分量也能提供充分的飽足感。

基底

沙拉用生菜 作為所有波奇碗基本食材的沙拉用生菜，不僅能帶來一定的飽足感，也能提高膳食纖維的攝取。比起具有特殊香氣或是味道濃烈的蔬菜，可以當作基底的沙拉用生菜通常具有清脆口感與溫和風味，例如羽衣甘藍、蘿蔓，以及美生菜等。

Salad Bowl

醬汁

負責將所有食材融合在一起，也能增添風味。可以按照個人喜好，自由選擇味道香醇、清爽、濃郁以及香辣的醬汁。另外，可以將醬汁倒入，與食材拌在一起享用，也可以另外盛裝，當作沾醬搭配享用。

配料

碳水化合物食材 是維持沙拉碗營養均衡的一大功臣。與身為主食的蛋白質相輔相成，負責提升飽足感。例如可以選用味道類似糙米飯、卻又更加香醇、前置作業也更簡單的藜麥、栗子南瓜與馬鈴薯等含有複雜碳水化合物的澱粉類蔬菜、糙米年糕、烤雜糧麵包以及全麥捲餅皮來搭配，增加碳水化合物的攝取。

主食

蛋白質食材 將肉類、海鮮、豆腐以及豆類等食材以煎烤或汆燙等多樣料理方式進行加熱烹調，也一併附上替代食材的說明，可以按照自己的喜好盡情變更食材。.

基底

蔬菜 儘管主要使用沙拉用生菜，但也可以使用冰箱中常出現的白菜*以及各種適合生食的生菜。本書亦使用能增添口感與提升攝取量的醃漬蔬菜，以及將蔬菜搗碎，增加醬汁吸收度與存在感，以多樣的型態打造各種食譜。

譯注：這裡指的是韓國白菜，口感較脆，適合醃漬、生食以及用來搭配烤肉食用。

Yogurt Bowl

配料

脂肪與膳食纖維食材 可以用清爽的水果、酥脆的穀物脆片以及堅果類作為配料，讓口感變得豐富；也可以在放入蔬菜或雞蛋的優格中搭配各種清新香草與珠蔥，味道融合後會變得更加美味。

主食

蛋白質與碳水化合物食材 是為了維持碳・蛋・脂均衡而放入的食材。放入雞蛋與烤香腸可以補充蛋白質，也可以再加點蒸栗子南瓜或水煮鷹嘴豆，增添飽足感。

基底

希臘優格 製作基底時在優格中放入搗碎的水果，或者直接與水果一起用食物調理機絞碎，會讓優格變得更加濃稠，也能決定料理的核心滋味。尤其推薦使用有著濃郁甜味、與各種食材搭配度高的香蕉。不過香蕉甜度較高，建議一天一根就好。另外，也可以放入各種醬汁、香草或是檸檬來增添風味，成為有著豐富食材且碳・蛋・脂比例均衡的基底。

Soup Bowl

撒料

脂肪與膳食纖維食材 包含珠蔥、黑胡椒、碎芝麻、堅果類以及起司等，可以增添色澤、口感以及香氣。儘管不是主要食材，少了卻會有些可惜。

主食

碳水化合物食材 可以放入鷹嘴豆、全麥義大利麵、糙米年糕、糙米鍋巴以及燕麥片等食材，不僅能提升飽足感，口感也能變得豐富。另外，放入碳水化合物食材，還能讓湯頭變得更加濃稠。

基底

湯 可以使用高湯塊，或者將食材炒過後加水煮滾以增添風味。另外，也可以加入牛奶或豆漿，讓湯頭變得更加濃郁。

幫助達到碳・蛋・脂均衡比的食材

糙米飯 碳 蛋

本書所有的波奇碗食譜都使用糙米飯。比起多穀飯，糙米飯更能吸收醬汁，味道也不容易與醬汁或食材起衝突。另外，愈嚼愈香也是它的一大特色。

糙米的膳食纖維比白米高出逾三倍，食用少量就能有充分飽足感，還能預防肥胖與便秘。糙米飯也可以替換成等量的多穀飯。

糙米年糕 碳 蛋

用糙米而非白米製成的年糕，可以廣泛運用在沙拉碗、優格碗以及濃湯碗中。雖然口感比較粗糙，但愈嚼愈香也是它的魅力。富有嚼勁的口感，能夠為料理帶來新鮮的滋味，也能增添飽足感。

燕麥片 碳 蛋

將燕麥壓扁製成的燕麥片除了富含碳水化合物，也是蛋白質含量高的食材。燕麥片味道香醇濃郁，可以製造出宛如乳製品的濃稠感，因此非常適合用於濃湯碗或優格碗。

鷹嘴豆 碳 蛋

有豐富的碳水化合物與蛋白質，因此很常被運用於健康碗中。鷹嘴豆幾乎沒有豆類特有的香氣，有著與蒸栗子類似的平淡風味，適合放入波奇碗、濃湯碗以及優格碗中，吃法多樣。

藜麥 碳 蛋

是富含蛋白質，還能增添咀嚼的樂趣，更有著濃醇香氣的超級穀物。料理時的前置作業簡單，又能很快煮熟，可以縮短料理時間。放入波奇碗或沙拉碗中，除了能增添飽足感，還可以補足碳水化合物與蛋白質的攝取。

為了平衡碳水化合物、蛋白質以及脂肪的比例，書中最常使用到的食材整理於下方。請透過圖示確認每樣食材富含的營養素，也可以根據自己的喜好替換食材。

碳 富含碳水化合物的食材
蛋 富含蛋白質的食材
脂 富含脂肪的食材

雜糧麵包 碳

比起單純用麵粉製作的麵包，本書選擇富含膳食纖維、放入全麥、裸麥以及各種穀物的雜糧麵包。在碳・蛋・脂均衡比健康碗中，雜糧麵包能補充一不小心就會攝取不足的碳水化合物，還有充分的飽足感。另外，即便同樣是雜糧麵包，也要盡量選擇添加較少奶油與砂糖的。

蕎麥麵 碳 蛋

推薦各位使用蕎麥含量高的蕎麥麵。雖然蕎麥含量高的蕎麥麵一咬即斷，口感也有些粗糙，卻能嚐到蕎麥清淡又有深度的特殊風味。尤其是將蕎麥麵運用於波奇碗時，搭配其他食材不僅很健康，還能創造出宛如麵沙拉般的感覺。

全麥螺旋麵 碳 蛋

味道比一般的義大利麵更加香醇，加上口感較為粗糙，多了可以咀嚼很久的優點。義大利麵會隨著種類而有不同的形狀與口感，例如麵體較小的短麵不需叉子，而是用湯匙舀著吃，因此很適合運用於波奇碗、沙拉碗以及濃湯碗中。

栗子南瓜、地瓜 碳

是澱粉類蔬菜的代表性食材，能夠同時攝取碳水化合物和膳食纖維，更具有濃郁的甜味。除了能帶來飽足感，加在香辣的料理中還可以中和辣味。

豆腐 蛋

富含植物性蛋白質的代表性食材。優點是熱量低，飽足感卻很高，還和雞蛋一樣有多樣的烹調方式。不同種類的豆腐，水分與蛋白質含量也會有差異，為了均衡營養素，挑選時要特別注意。

豆腐麵 蛋

透過壓榨豆腐、製作成像麵一樣細薄的豆腐麵，有著濃厚豆香，更富有嚼勁，可以運用於各式料理中。豆腐麵不會因為加熱或久放而糊掉，很適合運用於便當菜色中，加上已經製作成麵條，還多了能夠均勻吸收醬汁的優點。

牛肉 蛋 脂

下面將介紹在碳・蛋・脂健康碗中常使用到的牛肉部位。牛里肌的脂肪雖然少，但口感軟嫩，風味清淡，很適合用於健康餐中。火鍋牛肉片與燒烤牛肉片主要使用前腰脊肉或後腿眼肉等脂肪含量較低的部位，由於切得很薄，適合翻炒或加入湯裡。五花肉不僅風味濃郁，肉片也薄，因此烹調時間很短。雖然油花較多，但特有的香氣讓它成為波奇碗專賣店的人氣食材之一。另外，如果覺得油脂過多，可以在烹調完後放上廚房紙巾，吸掉油脂再盛盤。

無添加花生醬 蛋 脂

花生特有的濃郁香氣，扮演能增添健康碗香醇滋味的角色。花生中的不飽和脂肪酸能夠活化人體的棕色脂肪，促進熱能產生，進而燃燒脂肪。另外，如果選擇在早上食用花生醬，除了燃燒脂肪的效果會更好外，就算午餐攝取了不少碳水化合物，血糖也不會急遽飆升，是個在味道和營養上都有著滿滿優點的食材。請盡可能選擇糖或其他添加物含量較低、100%花生製作而成的花生醬。目前市面上販售的花生醬中，推薦各位選擇Super Nuts花生醬。

豬肉 蛋 脂

可以選擇肉質軟嫩又清淡的里肌，以及通常會切成薄片、方便料理的前腿肉。上述兩種部位的豬肉不僅脂肪較少，味道和其他食材與醬料也都很搭。

雞肉 蛋

想要增添清淡風味時，可選擇雞胸肉；想要強調煎烤風味與多汁口感，就要選擇雞腿肉。上述兩種肉都可等量替換，烹煮時間請依照肉的厚度調整。另外，雞胸肉可以使用市面上已經煮熟的現成雞胸肉，但請盡可能選擇添加物少一點的。

雞胸肉香腸 蛋

比起用豬肉製作的香腸，以雞肉製成的加工肉品不僅油脂含量較少，味道也較清淡，更是多汁又軟嫩。雞胸肉香腸可以用來補充蛋白質，維持營養素的均衡，也很適合當作點心享用。另外，請盡可能選擇添加物少一點的雞胸肉香腸。

碳 富含碳水化合物的食材

蛋 富含蛋白質的食材

脂 富含脂肪的食材

雞蛋 蛋 脂

是碳・蛋・脂均衡比健康碗中最基本的蛋白質來源，也是能帶來飽足感的食材。雞蛋包含全熟、半熟、煎、炒，以及水波蛋等多樣烹調方式，能廣泛運用於各種料理中。

希臘優格 碳 蛋 脂

去除一般優格的水分與乳清，提高蛋白質比例，特色是有濃郁香氣與紮實口感。希臘優格有獨特的酸味，卻意外的與任何食材都很搭，還可以加入檸檬汁、辣醬、芥末醬以及各種料理香草來增添風味。

＊ 希臘優格製作方法請參考第32頁

堅果類 脂

本書使用了胡桃、杏仁、開心果以及榛果等各種堅果。堅果類富含不飽和脂肪酸，對於維持營養均衡有很大的幫助。另外，堅果類的濃郁香氣與酥脆口感，能讓健康碗的滋味變得更有特色，很適合當作配料。

酪梨 脂

特色是香醇又帶有奶香的風味，也是脂肪含量相當高、味道卻清淡的水果，又被稱作「森林奶油」。在碳・蛋・脂均衡比健康碗中加入酪梨，可以攝取到更多健康的不飽和脂肪酸、提高飽足感，和其他食材搭配還能讓口感變得濃稠，為健康碗增添更多樣的口感。

鮭魚 蛋 脂

富含維生素、礦物質以及Omega-3脂肪酸，可以生食、煎烤以及醃漬，是有著多樣烹調方法的海鮮。鮭魚波奇碗除了是波奇碗專賣店的基本菜色外，更是大受歡迎的人氣菜色，因此在本書中也有不少鮭魚相關的波奇碗食譜。另外，請盡可能購買野生鮭魚。

生蝦 蛋 脂

有著Q彈口感與甘甜滋味，料理方式也十分多樣。由於已經煮熟、顏色變成紅色的冷凍熟蝦香氣會比較淡，請購買只去殼的灰色生蝦。只要在冷水中浸泡10到20分鐘解凍，就能馬上料理。

能增添風味與香氣的食材

炸洋蔥絲

以油炸的方式加工洋蔥，常用來當作撒料，為波奇碗與沙拉碗增添酥脆的口感，再加上隱約的洋蔥香氣，也能提升料理風味。不過炸洋蔥絲熱量比較高，一碗請加1到2大匙就好。另外，由於放久了可能會壞掉，購買時請選擇分量較少的炸洋蔥絲。

可可碎粒

可可果經過發酵與乾燥後製作而成的碎粒雖然不甜，但有著巧克力的香氣，適合用來代替巧克力。味道與優格等口感濃稠的乳製品、水果，以及堅果類很搭。

奇亞籽

碰到水就會變成有黏性的膠狀，含有豐富的膳食纖維，也能帶來飽足感，很適合使用在沙拉或奶昔中。不過奇亞籽在體內也會吸收水分，因此攝取時需要搭配充足的水分。

火麻仁

在種子類中蛋白質含量最高，是備受矚目的食材。火麻仁有著淡淡的種子香氣，很適合用來當作撒料，增添香醇風味，也能幫助達到碳・蛋・脂的均衡比例。

辣椒粗片

將辣椒製作成大塊碎片，用於想為料理增添清爽辣味時。在炒菜時加入辣椒粗片，可以讓辣味更加明顯；加在湯料理中，則會散發隱隱約約的辣味；也可以當作撒料使用，增添清爽的辣味。.

為了升級碳・蛋・脂均衡比健康碗的風味與口感，將會使用到以下食材。如果能放入這些食材，將會為健康碗增添不一樣的滋味，變得更加可口，但沒有也可以省略不放。

是拉差辣椒醬

辣椒與大蒜發酵後製成的東南亞風辣椒醬，熱量很低，需要辣味時可以無負擔的使用。是拉差辣椒醬有強烈的辣味，同時還具有酸味，所以很開胃，與不少醬料都很搭，是能夠靈活運用的醬汁。

椰子脆片

富含膳食纖維與天然脂肪的椰子果肉切成片狀後晒乾製成，有甜甜的椰子香以及酥脆口感，與熱帶水果特別搭。放入優格碗或沙拉碗中，椰子特有的香氣將能增添風味。另外，請選擇沒有額外添加糖的椰子碎片。

白巴薩米克醋

白酒發酵後製成的食醋，酸度比一般的食醋低，還帶有一股隱約的甜味，用來當作沙拉醬或醃漬醬料會讓料理帶有一股高級的風味。

楓糖漿

將楓樹的汁液萃取出來，濃縮成濃郁又香甜的糖漿。楓糖漿與砂糖有著不同的風味，放入料理中可以增添特殊香氣。

阿洛酮糖

低糖甜味劑，熱量比砂糖低，也不會被身體吸收，是少量存在於葡萄、無花果以及奇異果中的糖分。阿洛酮糖的甜度比寡醣高，但相較於甜菊與赤藻糖醇，代糖特有的味道則比較沒那麼明顯，很適合使用在料理中。

法式高麗菜沙拉
法式胡蘿蔔沙拉
糙米飯
水煮鷹嘴豆
醃洋蔥

需先準備好的食材

本篇會介紹碳・蛋・脂均衡比健康碗常用到的食材中，需要耗費較多時間準備的食材，可以事先一次備足分量，放入冰箱保存。

法式高麗菜沙拉

高麗菜約7片（或紫高麗菜，200g）、鹽巴一小匙
醬料 橄欖油2大匙、芥末籽醬1大匙、巴薩米克醋1大匙（或白巴薩米克醋）、檸檬汁1大匙、蜂蜜1小匙（或阿洛酮糖1/2大匙）、黑胡椒粉少許

1 高麗菜切成細絲後用碗盛裝，放入鹽巴輕輕攪拌，醃漬10分鐘後瀝掉水分。
2 醃漬好的高麗菜與醬料放入碗裡，攪拌均勻。
* 放入保鮮盒中可冷藏保存一週。

糙米飯

糙米1杯（或多穀米，200g）、水24ℓ

1 糙米（或多穀米）放入碗裡，倒水輕輕洗乾淨。洗好後倒入滿滿的冷水，浸泡1～2小時再用濾網瀝乾水分。
* 為了讓口感粗糙的糙米或多穀米變得比較軟，請充分浸泡後再使用。
2 泡好的糙米放進電子鍋，倒入水。
3 電子鍋選擇多穀米模式後按下炊飯鍵。
* **保存** 用塑膠袋以一餐的分量（60～100g）分裝或放入保鮮盒中，等放涼後冷凍保存。
* **解凍** 糙米飯放入耐熱容器中，加入1/2大匙的水（或1塊冰塊），微波2分鐘解凍。

法式胡蘿蔔沙拉

胡蘿蔔1根（200g）、鹽巴1小匙
醬料 橄欖油2大匙、低糖芥末醬1大匙、檸檬汁1大匙、白巴薩米克醋1大匙、阿洛酮糖1小匙（或寡醣）、黑胡椒粉少許

1 用刀或刨絲器將胡蘿蔔切成細絲。
* 為了方便享用，可以再切成2～3段。
2 胡蘿蔔與鹽巴放入碗裡輕輕攪拌，醃漬10分鐘後瀝掉水分。
3 醃漬好的胡蘿蔔與醬料全放入碗裡，攪拌均勻。
* 放入保鮮盒中可冷藏保存一週。

水煮鷹嘴豆

鷹嘴豆1/2杯（泡開後會變成1杯）

1 鷹嘴豆放入碗裡，倒入可剛好淹過的水量（鷹嘴豆的兩倍以上），浸泡12小時。
2 泡好的鷹嘴豆放入鍋中，倒兩杯水與少許鹽巴，開中火煮20～25分鐘後，用濾網瀝乾水分並放涼。
* 可以分裝成一餐的分量冷凍保存。拿出來常溫退冰後，就可以運用在料理中。

醃洋蔥

紫洋蔥（或洋蔥）1顆 **醬料** 醋3大匙、阿洛酮糖（或寡糖）3大匙、鹽巴少許、薑末1/3大匙（可以省略）

1 紫洋蔥切成細絲。
2 紫洋蔥與醬料食材放入碗中，攪拌均勻。
* 放入保鮮盒中可冷藏保存一週。

常用食材
處理&保存方式

Plus Tip
在製作優格碗時試試看吧！

在家自製的濃稠希臘優格

牛奶5杯(1ℓ)、
濃縮發酵乳1瓶（例如優酪乳）
工具 電子鍋、乳清分離器
（或篩子與棉布）

1 在內鍋中放入牛奶與濃縮發酵乳，用木匙攪拌均勻。
2 內鍋放入電子鍋中，蓋上蓋子，按保溫功能保溫1小時。
3 1小時後關掉電子鍋，不開蓋子靜置10小時。
4 盛入乳清分離器中，蓋上蓋子冷藏24小時後，就會變成有濃稠口感的希臘優格。
* 如果沒有乳清分離器，可以將棉布鋪在篩子上，下面放一個碗用來盛裝過濾出的乳清。電子鍋製作的優格倒在棉布上，將棉布捲起來，上面放有一定重量的鍋蓋壓住優格，放入冰箱冷藏24小時即可。
* 放入保鮮盒中可冷藏保存一週。

沙拉用生菜

由於購買的分量較大，因此事前的食材處理與保管很重要。將沙拉用生菜切成好入口的大小，用流動的冷水清洗乾淨後，放入蔬果脫水器徹底去除水分。要確保水分完全被去除，製作成健康碗時才不會讓味道變淡，影響風味，也能提升料理的完成度。沙拉用生菜可以放入保鮮盒中，上面放一層浸溼的廚房紙巾，冷藏保存一週。

從用來當作基底的沙拉用生菜，到肉類、菇類以及水果，
本篇將介紹碳・蛋・脂均衡比健康碗中常用食材的處理與
保存方式。

肉類

分裝成一餐的分量，用保鮮膜包起來冷凍保存。使用前一天先放至冷藏室，要用時只要自然退冰後就可以料理。

酪梨

處理好的酪梨很容易氧化變色，可在表面噴一點檸檬汁，用保鮮膜包起來冷藏保存。

菇類

分裝成一餐的分量，用保鮮膜包起來冷藏保存。

當季水果

由切成好入口的大小，分裝成一餐的分量（約100g）冷凍保存，可以運用在果汁或優格奶昔中。

波奇碗和沙拉碗中
常用醬汁＆沙拉醬總整理

即便是同樣的食材，也會因為醬汁或沙拉醬的改變，成為有著截然不同風味的健康碗。
如果按照食譜的內容製作享用，下次便可以試試換個醬汁或沙拉醬，感受全新的滋味。

香辣

墨西哥辣椒乳酪醬p.52

山葵醬油p.64

山葵柚子醬油p.66

是拉差美乃滋醬p.70

辣優格醬p.72

香辣魚露醬p.74

山葵美乃滋醬p.80

乾烹醬p.120

濃郁

芝麻粒味噌醬p.38

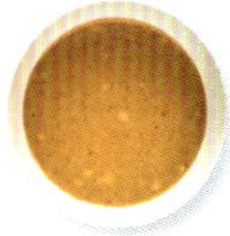
黑豆美乃滋醬p.42

芝麻醬油p.62

紫蘇油醬p.75

豆腐花生醬p.84

花生萊姆醬p.102

生菜包肉醬p.106

清爽

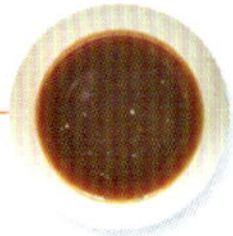
酸甜醬油p.40

檸檬美乃滋醬p.50

洋蔥巴薩米克醬p.56

芥末醬p.58

梅子醬p.60

芥末優格醬p.86

優格凱薩醬p.88

楓糖巴薩米克醬p.90

番茄莎莎醬p.94

蜂蜜芥末醬p.95

炒洋蔥千島醬p.104

鳳梨莎莎醬p.108

檸檬阿根廷青醬p.112

萊姆優格醬p.116

chapter 1 波奇碗

POKE

在波奇碗專賣店中，波奇碗基本上以蔬菜作為基底，再依照個人喜好搭配蛋白質食材、碳水化合物食材、撒料以及醬汁等。本書介紹的波奇碗食譜將食材的搭配、風味以及營養都納入考量，打造出各種健康碗食譜。食譜中出現的食材都可以依照喜好調整，如果想要吃得更健康，可以試著不要將醬汁直接淋上，而是當作沾醬搭配享用。另外，也可以省略糙米飯、蕎麥麵以及全麥義大利麵，並增加蔬菜或蛋白質食材的分量。

低碳水 便當 素食友善 高纖

豆腐麵佐乾煎蔬菜波奇碗
＋芝麻粒味噌醬

560 kcal

碳水化合物43.6% 蛋白質27.3% 脂肪29.1%

在外國極受歡迎的佛陀碗（Buddha Bowl），是以穀物、蔬菜以及堅果等食材製作而成的素食料理，本篇食譜便是以佛陀碗為創意發想而設計。放入豆腐麵與鷹嘴豆，增加蛋白質攝取量與飽足感，再將蔬菜乾煎，提升口感與香氣，最後搭配由味噌與滿滿芝麻粒製作而成的香醇醬汁。享受能將胃填得飽飽的一餐吧。

Tip

由於醬汁較為濃稠，為了不讓食材結塊，請仔細拌勻，或將醬汁當作沾醬使用。

20～25分鐘

- 豆腐麵 一包（100g）
- 沙拉用生菜 50g
- 乾煎用蔬菜 200g
  （紫洋蔥、迷你杏鮑菇、櫛瓜，以及甜椒等）
- 栗子南瓜 1/8顆（或地瓜，100g）
- 水煮鷹嘴豆 3大匙（30g）
  * 製作方法參考第31頁
- 橄欖油 1小匙
- 鹽巴 少許
- 黑胡椒粉 少許
- 堅果碎粒 1大匙（10g）

芝麻粒味噌醬

- 碎芝麻 1大匙
- 味噌 1大匙
  （可以根據鹹度調整用量）
- 低脂美乃滋 1大匙
- 阿洛酮糖 1/2大匙（或寡糖）
- 檸檬汁 1小匙
- 鹽巴 少許
- 黑胡椒粉 少許

1 去除栗子南瓜的籽，連同外皮切成好入口的大小。

2 栗子南瓜放入耐熱容器中，蓋上蓋子放入微波爐加熱2～3分鐘。
  * 加熱時間需依照栗子南瓜的種類與大小調整。

3 豆腐麵放在濾網上，用熱水泡開後瀝乾。

4 將乾煎用蔬菜切成好入口的大小。
  * 可以依照季節替換成各種時令蔬菜。

5 熱鍋後倒橄欖油，放入乾煎用蔬菜與鹽巴，轉中火煎2～3分鐘至表面金黃後，撒上黑胡椒粉。
  * 需依照蔬菜的厚薄調整乾煎時間。

6 芝麻粒味噌醬的食材放入小碗中攪拌均勻。
另外用大碗盛裝所有食材，搭配芝麻味噌醬享用。

Tip

如果想用其他的麵條取代豆腐麵？

比起以麵粉製成的麵條，更推薦使用熱量較低的蕎麥麵。在滾水中放入一把蕎麥麵（50g），按照包裝上的烹煮時間煮熟，放在濾網上過冷水後瀝乾即可食用。

如果沒有味噌？

也可以改用韓式大醬*，不過醬的用量要減少為1小匙，並多加入1/2大匙的醬油，增添醬汁的甘醇風味。

譯注：韓式大醬味道近似味噌醬，但通常鹹度較高，味道較濃郁。

便當 素食友善 高纖

豆腐鬆波奇碗
＋酸甜醬油

527 kcal

碳水化合物48.5% 蛋白質 24.3% 脂肪 27.2%

有著滿滿植物性蛋白質的波奇碗。炒至水分蒸發、變得鬆軟的豆腐，會帶有宛如肉類的嚼勁口感。再加上鷹嘴豆、鴻喜菇、甜椒以及韓國芝麻葉等能增添豐富口感的食材，以及帶有香氣的生菜，讓這道料理變得更加有趣且美味。

20～25分鐘

- 熱熱的糙米飯 60g（或多穀飯）
  * 製作方法參考第31頁
- 豆腐 1/2盒（乾煎用，150g）
- 沙拉用生菜 50g
- 鴻喜菇 2把（或其他菇類，50g）
- 甜椒 1/4顆（或小黃瓜，50g）
- 紫洋蔥 1/8顆（或洋蔥，25g）
- 韓國芝麻葉 10片（20g）
- 水煮鷹嘴豆 3大匙（30g）
  * 製作方法參考第31頁
- 紫蘇油 1/2大匙＋1小匙（或芝麻油）
- 辣椒醬 1/2大匙
- 鹽巴 少許
- 海苔酥 1/2杯（5g）

酸甜醬油

- 醋 1大匙
- 釀造醬油* 1大匙
- 阿洛酮糖 1小匙（或寡糖）
- 胡椒粉 少許

1 紫洋蔥切成細絲，浸至冷水中去除辣味後，用濾網瀝乾水分。
韓國芝麻葉捲起來切成細絲；甜椒切成1.5cmX1.5cm的塊狀。

2 切除鴻喜菇的根部，將鴻喜菇一根根撕開。

3 用廚房紙巾輕壓吸乾豆腐的水分。熱鍋後放入豆腐，轉中火後將豆腐搗碎，翻炒3～5分鐘至表面金黃。

4 等到豆腐變得鬆軟後，放入紫蘇油1/2大匙與辣椒醬，攪拌均勻後關火，盛入盤子中放涼。

5 擦拭鍋子後再次熱鍋，放入鴻喜菇與鹽巴，轉中火翻炒1分鐘。
等鴻喜菇炒軟後，倒入紫蘇油1小匙，繼續翻炒1分鐘。

6 酸甜醬油的食材放入小碗中攪拌均勻。
另外用大碗盛裝所有食材，搭配酸甜醬油享用。

Tip

如果不想加糙米飯？

將原食材中的水煮鷹嘴豆分量提升至50g，就可以省略糙米飯。因為鷹嘴豆不只富含蛋白質，也有充足的碳水化合物，能增加飽足感。

譯注：韓國的釀造醬油是指味道較為香醇且帶有甜味的醬油，適合用來炒菜。

低碳水 便當

煎蝦豆腐波奇碗
＋黑豆美乃滋醬

555 kcal

碳水化合物 42.6%　蛋白質 29.2%　脂肪 28.3%

享用清淡豆腐與Q彈蝦子時，可以搭配甜椒、小黃瓜以及小番茄等富含水分又清脆的蔬菜來增添風味與口感。而用黑豆粉製成的醬汁，更能增添香氣，讓原本稍嫌清淡的波奇碗變得滋味豐富。

20～25分鐘

- 熱熱的糙米飯 60g（或多穀飯）
  * 製作方法參考第31頁
- 沙拉用生菜 50g
- 豆腐 1/3盒（乾煎用，100g）
- 冷凍大生蝦 5隻（75g）
- 小番茄 5顆（75g）
- 小黃瓜 1/4根（50g）
- 法式高麗菜沙拉 約1/3杯（30g）
  * 製作方法參考第31頁
- 橄欖油 1小匙＋1小匙
- 鹽巴 少許
- 黑胡椒粉 少許
- 炸洋蔥絲 2大匙
  （或蒜片、海苔酥 1/2 杯）

黑豆美乃滋醬

- 黑豆粉 1大匙
  （或其他穀物粉、芝麻粉）
- 低脂美乃滋 1大匙
- 醋 1大匙
- 釀造醬油 1大匙
- 阿洛酮糖 1/2大匙（或寡糖）
- 黑胡椒粉 少許

1 冷凍生蝦浸泡冷水解凍10分鐘，接著用濾網瀝乾水分。
2 小黃瓜切成0.5公分厚的片狀；小番茄對半切。
3 用廚房紙巾輕壓吸乾豆腐的水分後，切成1.5公分大小的塊狀。
4 熱鍋後倒1小匙橄欖油，放入豆腐，撒上鹽巴與黑胡椒粉，轉中火煎2～3分鐘至四面都金黃。
5 擦拭鍋子後再次熱鍋，倒1小匙橄欖油，放入生蝦，撒上鹽巴與黑胡椒粉，兩面各煎1分鐘。
6 黑豆美乃滋醬的食材放入小碗中攪拌均勻。
7 另外用大碗盛裝所有食材，搭配黑豆美乃滋醬享用。

Tip

如果想用麵類取代糙米飯？

比起以麵粉製成的麵條，更推薦使用熱量較低的蕎麥麵。在滾水中放入一把蕎麥麵（50g），按照包裝上的烹煮時間煮熟，放在濾網上過冷水後瀝乾即可食用。

如果沒有黑豆粉？

黑豆粉是將黑豆煮熟後磨成粉，可以在購物網站或大型賣場中購買。也可以改用多穀粉、碎芝麻以及紫蘇籽粉。

豆皮鮪魚波奇碗

便當 高蛋白 作者推薦

588 kcal

碳水化合物 47.5% 蛋白質 34.4% 脂肪 18.0%

食譜請參閱第46頁

利用市售豆皮壽司套組*製作的超簡單波奇碗。將已經調味過的豆皮乾煎以增加口感，套組裡附的香鬆用來當作撒料，白飯醬料則扮演波奇碗醬汁的角色。另外還加上鮪魚、蟹肉棒以及玉米罐頭等多樣食材，不僅能提升飽足感，滋味也會變得更加豐富。如果再加上拌炒過的辛奇，會成為味道更為熟悉又香醇的一道料理。

譯注：韓國的超市有販售豆皮壽司套組，內容物包含豆皮、白飯醬料以及香鬆，其中醬料是以醋和糖為基底製成。

Tip
可以將荷包蛋的蛋黃戳破，當作醬汁與食材拌在一起享用。

豆皮鮪魚波奇碗

15～20分鐘

- 熱熱的糙米飯 60g
  * 製作方法參考第31頁
- 沙拉用生菜 50g
- 市售豆皮壽司套組 1人份
- 鮪魚罐頭 1小罐
  （或雞胸肉、鮭魚罐頭，100g）
- 雞蛋 1顆
- 白菜辛奇 1/3杯（50g）
- 小黃瓜 1/4根（50g）
- 蟹肉棒 2小根（40g）
- 紫洋蔥 1/8顆（或洋蔥，25g）
- 法式高麗菜沙拉 約1/3杯（30g）
  * 製作方法參考第31頁
- 玉米罐頭 2大匙（或水煮鷹嘴豆，20g）
- 食用油 1小匙
- 低脂美乃滋 1/2大匙（用來淋在波奇碗上）

辛奇調味

- 阿洛酮糖 1小匙（或寡糖）
- 芝麻油 1小匙
- 胡椒粉 少許

1 用濾網瀝掉鮪魚罐頭的油。

2 紫洋蔥切成細絲，浸至冷水中去除辣味後，用濾網瀝乾水分；小黃瓜切成0.5公分厚的片狀；蟹肉棒則撕成細絲。

3 稍微瀝掉豆皮的水分後切成細絲。

4 稍微抖掉白菜辛奇上的醬料後切成大塊狀，與辛奇的調味食材拌在一起。

5 熱鍋後放入豆皮，轉中火炒2分鐘至表面金黃，盛入盤子裡。

6 擦拭鍋子後再次熱鍋，倒食用油後放入雞蛋，轉中火煎1分30秒至半熟。
* 可以根據喜好改為全熟荷包蛋。

7 擦拭步驟⑥的鍋子後再次熱鍋，放入已調味的白菜辛奇，轉中火炒2分鐘。

8 所有食材都盛裝至碗裡，倒入豆皮壽司套組的白飯醬料並撒上香鬆，搭配低脂美乃滋享用。
* 將低脂美乃滋裝入擠花袋中，就可以依照自己想要的形狀擠出。

Tip

如果想用豆腐取代豆皮？

可以將豆腐100g乾煎後切成長條狀。豆皮壽司套組的白飯醬料則可以使用豆腐鬆波奇碗（第40頁）的酸甜醬油代替，味道也很搭。

是將常運用於波奇碗或沙拉碗中的雞蛋與酪梨變得更美味的食譜。半熟蛋、酪梨以及小番茄用以醬油為基底的醬汁醃漬發酵，製作成酪梨雞蛋醬，還可以加一點芝麻油增添香氣，搭配波奇碗享用。

便當

酪梨雞蛋醬波奇碗

511 kcal

碳水化合物 55.3%　蛋白質 20.4%　脂肪 24.3%

15～20分鐘（＋雞蛋醬發酵6小時）

- 熱熱的糙米飯 60g（或多穀飯）
  ⋆ 製作方法參考第31頁
- 沙拉用生菜 50g
- 甜椒 1/4顆（50g）
- 紫洋蔥 1/8顆（或洋蔥，25g）
- 珠蔥花 2根分量（或蔥花）
- 海苔酥 1/2杯（5g）

酪梨雞蛋醬

- 雞蛋 2顆
- 酪梨 1/2顆（100g）
- 小番茄 5顆（75g）
- 青陽辣椒 1根（或辣椒粗片 1/3小匙，可以省略）
- 蔥花 1大匙
- 釀造醬油 3大匙
- 味醂 2大匙
- 阿洛酮糖 1/2大匙（或寡糖）
- 蒜泥 1小匙
- 胡椒粉 少許

醬汁

- 酪梨雞蛋醬 3大匙（可以根據喜好調整用量）
- 芝麻油 1小匙

1 雞蛋放入鍋中，倒入可剛好淹過雞蛋的水量，開大火煮滾後繼續煮5分鐘，再放至冷水中，等冷卻後就可以剝殼。
⋆ 可以根據喜好改成煮12分鐘至全熟。

2 用刀子深切酪梨至碰到籽，將酪梨順著刀子轉一圈。

3 沿著切痕將酪梨扳成兩半，刀子插入酪梨籽中旋轉去籽。

4 去除酪梨皮，切成好入口的大小。
小番茄對半切；青陽辣椒則切成4等分。

5 酪梨雞蛋醬的食材全都放入保鮮盒，攪拌均勻後蓋上蓋子，放入冰箱冷藏發酵6小時以上。
⋆ 為了讓食材能均勻吸收醬汁，要時不時拿出來攪拌一下。隨著發酵時間拉長，小番茄會出水，讓醬汁變多。

6 甜椒切成1.5cmX1.5cm的塊狀；紫洋蔥切成細絲，浸至冷水中去除辣味後，用濾網瀝乾水分。

7 舀3大匙酪梨雞蛋醬與1小匙芝麻油放入小碗中攪拌均勻。

8 另外用大碗盛裝所有食材，搭配醬汁享用。

Tip

如果想增加蛋白質？

可以加一塊乾煎豆腐。熱鍋後倒少許紫蘇油（或芝麻油），放入瀝掉水分的豆腐，轉中火將兩面煎至金黃。豆腐除了能增加飽足感外，也能提高蛋白質攝取量。追加豆腐時，糙米飯的分量可以減少，或者將沙拉用生菜的分量減半，就能在增加蛋白質的同時，維持原本的熱量。

如果酪梨雞蛋醬還有剩？

可以一口氣製作分量充足的酪梨雞蛋醬，放入冰箱冷藏約可保存一週。酪梨雞蛋醬可以運用於波奇碗、拌飯以及拌麵等多樣的料理中。

帶有辛辣生薑香氣的照燒雞波奇碗。翻炒過的青花筍與甜椒會釋放出甜味，有著與生食時截然不同的風味，再搭配清爽的檸檬美乃滋醬，讓照燒雞肉的滋味變得更清爽。

Tip
撒上杏仁片可以增添香醇風味，還能攝取到健康的脂肪。

便當　高纖

照燒雞波奇碗
＋檸檬美乃滋醬

538 kcal

碳水化合物 48.6%　蛋白質 25.7%　脂肪 25.7%

20～25分鐘

- 熱熱的糙米飯 60g（或多穀飯）
  * 製作方法參考第31頁
- 沙拉用生菜 50g
- 雞腿肉 1塊（或雞胸肉，100g）
- 青花筍 2根
  （或青花菜 1/6 顆，50g）
- 甜椒 1/4顆（50g）
- 小番茄 5顆
  （或甜椒 1/4 顆、小黃瓜 1/4 根，50g）
- 紫高麗菜 1片
  （或手掌大小的高麗菜，30g）
- 法式胡蘿蔔沙拉 約1/3杯（30g）
  * 製作方法參考第31頁
- 橄欖油 1小匙
- 鹽巴 少許
- 黑胡椒粉 少許
- 杏仁片 1大匙（或其他堅果類）

照燒醬

- 味醂 1大匙
- 釀造醬油 1大匙
- 薑末 1/2小匙（可以省略）
- 黑胡椒粉 少許

檸檬美乃滋醬

- 洋蔥丁 2大匙
- 檸檬汁 1大匙
- 阿洛酮糖 1/2大匙（或寡糖）
- 低脂美乃滋 1又1/2大匙
- 鹽巴 1/3小匙
- 黑胡椒粉 少許

1 雞腿肉切成1.5cm厚；照燒醬的食材放入小碗中攪拌均勻。
2 青花筍以4cm為基準切段；甜椒切成0.5cm寬的長條狀；小番茄對半切；紫洋蔥切成細絲。
3 熱鍋後倒橄欖油，放入青花筍與甜椒，撒上鹽巴與黑胡椒粉後，轉中火翻炒2分鐘後起鍋。
4 擦拭步驟③的鍋子後再次熱鍋，放入雞腿肉，轉中火翻炒2分鐘至表面金黃。
5 放入照燒醬，轉小火煮2分鐘。
6 檸檬美乃滋醬的食材放入小碗中攪拌均勻。
7 另外用大碗盛裝所有食材，搭配檸檬美乃滋醬享用。

Tip

如果想吃得更加清淡？

可以用脂肪含量相對較少的雞胸肉取代雞腿肉。由於雞腿肉本身會釋放出油脂，但雞胸肉的脂肪較少，在翻炒時需要倒入1小匙橄欖油。

如果覺得青花筍很陌生？

可用青花菜來代替青花筍。青花筍是由青花菜與芥蘭菜雜交後誕生的品種，味道雖然與青花菜相似，但莖部較長也較軟，翻炒後的口感會比青花菜更軟嫩。

食譜請參閱第54頁

高纖 作者推薦

火辣雞肉波奇碗
＋墨西哥辣椒乳酪醬

556 kcal

碳水化合物 50% 蛋白質 23.7% 脂肪 26.3%

拌入辛辣醬汁的煎雞腿肉加上蕎麥麵，便打造出一碗味道與韓國火辣雞肉風味拌麵相似的波奇碗。再搭配用切碎的墨西哥辣椒製作而成的乳酪醬，更能增添辣味。辣度可以根據個人喜好調整，帶有隱約甜味的栗子南瓜也能中和辣味，增加飽足感。

火辣雞肉波奇碗

20～25分鐘

- 蕎麥麵 1把（或多穀飯，50g）
- 沙拉用生菜 50g
- 雞腿肉 1塊（或雞胸肉，100g）
- 栗子南瓜 1/8顆（或地瓜 1小顆，100g）
- 小番茄 5顆（75g）
- 甜椒 1/4顆（或迷你水果彩椒，50g）
- 玉米罐頭 2大匙（或水煮鷹嘴豆，20g）
- 炸洋蔥絲 1大匙
（或蒜片、海苔酥 1/2 杯）

火辣雞肉醬料

- 味醂 1大匙
- 釀造醬油 1/2大匙
- 辣椒醬 1/2大匙
- 胡椒粉 1小匙
- 辣椒粗片 1/2小匙（可以省略）
- 胡椒粉 1/3小匙（可以根據喜好調整用量）

墨西哥辣椒乳酪醬

- 切碎的墨西哥辣椒 2大匙（或洋蔥丁）
- 鮮奶油乳酪醬 1大匙（或希臘優格）
- 阿洛酮糖 1大匙（或寡糖）
- 檸檬汁 1大匙
- 橄欖油 1/2大匙
- 鹽巴 少許
- 黑胡椒粉 少許

1 甜椒切成0.5cm寬的長條狀；小番茄對半切。

2 去除栗子南瓜的籽，連同外皮切成1cm厚的片狀。

3 栗子南瓜放入耐熱容器中，蓋上蓋子放入微波爐加熱2分鐘；鍋子倒入用來煮蕎麥麵的5杯水並煮滾。
* 加熱時間需依照栗子南瓜的種類與大小調整。

4 雞腿肉切成2cm厚，好入口的塊狀。

5 雞腿肉與火辣雞肉醬的食材都放入小碗中攪拌均勻

6 熱鍋後放雞腿肉，轉中火煎4分鐘，過程中要經常翻面，以免表面燒焦。

7 步驟③中用來煮蕎麥麵的水沸騰之後，放入蕎麥麵，按照包裝上的烹煮時間煮熟，放在濾網上過多次冷水後瀝乾。

8 切碎的墨西哥辣椒、鮮奶油乳酪醬以及阿洛酮糖放入小碗中拌一拌，再放其他墨西哥辣椒乳酪醬的食材後攪拌均勻。
另外用大碗盛裝所有的食材，搭配墨西哥辣椒奶油醬享用。

Tip

如果想用其他肉類取代雞肉？

可以改用等量的豬里肌或前腿肉，也可以使用冰箱裡剩下的肉類食材。辣火雞醬的味道與大部分肉類都很搭，所以可以隨意更換成等量的其他肉類，烹煮時間則根據肉的狀態調整。

如果想調整辣度？

如果很能吃辣，可以使用市面上販售的火辣雞肉風味辣醬。在原先食譜中的火辣雞肉醬中加入市售火辣雞肉風味辣醬，不僅能增添香氣，還能大幅提升辣度。反之，如果想降低辣度，就在完成的火辣雞腿肉上放一片起司，等起司稍微融化後能中和辣度，味道與其他食材也很搭。

羅勒雞肉炒菇波奇碗
＋洋蔥巴薩米克醬

便當　高纖

502 kcal

碳水化合物 46.7%　蛋白質 26.7%　脂肪 26.7%

將用番茄與莫札瑞拉起司製作而成的卡布里沙拉，變成更有分量的波奇碗。濃郁的羅勒青醬能增添香氣與風味，再搭配全麥螺旋麵以補足碳水化合物，以及能補充蛋白質的雞胸肉，成為一道飽足感滿滿的料理。

Tip
比起一般芝麻菜，野生芝麻菜的葉片較為窄長，味道也比較溫和，能輕鬆享用。

20～25分鐘

- 全麥螺旋麵 1/2杯
  （或其他義大利麵，30g）
- 沙拉用生菜 30g
- 野生芝麻菜 1/2把
  （或沙拉用生菜，25g）
- 市售雞胸肉 1/2塊
  （或雞胸肉 1/2 塊，50g）
- 小番茄 7顆
- （或小黃瓜、甜椒，105g）
- 鴻喜菇 2把（100g）
- 香菇 2朵（50g）
  * 鴻喜菇與香菇可以替換成等量的其他菇類
- 莫札瑞拉起司球 1/2包
  （或莫札瑞拉起司條 2 條，30g）
- 黑橄欖 10顆
  （可以省略或根據喜好調整用量）
- 羅勒青醬 2大匙（可以根據喜好調整用量）
- 橄欖油 1小匙
- 鹽巴 少許

洋蔥巴薩米克醬

- 洋蔥丁 1大匙
- 巴薩米克醋 2大匙
- 釀造醬油 1/2大匙
- 阿洛酮糖 1大匙（或寡糖）
- 橄欖油 1小匙
- 黑胡椒粉 少許

1 鍋中放入5杯用來煮螺旋麵的水＋1小匙鹽巴煮沸。
2 野生芝麻菜切成兩段；香菇與鴻喜菇順著紋路撕開，或切成0.5cm厚的片狀；小番茄與黑橄欖對半切。
市售雞胸肉順著紋路撕成細絲。
3 熱鍋後倒橄欖油，放入菇類與鹽巴，轉中火翻炒2分鐘後起鍋。
4 步驟①的水煮滾後，放入全麥螺旋麵，按照包裝上的烹煮時間煮熟，再用濾網瀝乾水分。
5 分別放一大匙羅勒青醬至雞胸肉與全麥螺旋麵中，攪拌均勻。
6 洋蔥巴薩米克醬的食材放入小碗中攪拌均勻。
另外用大碗盛裝所有食材，搭配洋蔥巴薩米克醬享用。

Tip

如果想親手製作羅勒青醬？

可以試著親手製作羅勒青醬，享受更新鮮的滋味。將搗碎的羅勒葉10g、核桃碎粒1大匙、橄欖油2大匙、帕達諾乾酪粉1大匙、鹽巴少許，以及黑胡椒粉少許等食材攪拌均勻，這樣大約為一到兩次的分量，可以根據喜好一口氣製作多一點保存起來。如果要製作分量較多的羅勒青醬，用食物調理機絞碎會更加方便。

如果想自己煮雞胸肉？

鍋裡放入雞胸肉與剛好淹過肉的水量，倒入1小匙米酒，開中火煮10分鐘後放涼，順著紋路撕成細絲即可。

煙燻鴨肉也是很適合使用在波奇碗中的食材，搭配與煙燻鴨肉堪稱絕配的韭菜，能讓料理變得更加清爽又健康。再淋上有著甜辣滋味的芥末醬，將會成為味道親切又能吃得飽的波奇碗。

Tip
辛辣又清脆的櫻桃蘿蔔能夠增添口感，與鴨肉也很搭。

便當　高蛋白　低碳水　高纖

煙燻鴨肉韭菜波奇碗
＋芥末醬

512 kcal

碳水化合物 42.2%　蛋白質 29.9%　脂肪 27.8%

20～25分鐘

- 熱熱的糙米飯 60g（或多穀飯）
  * 製作方法參考第31頁
- 生菜用沙拉 50g
- 煙燻鴨肉片 100g
- 雞蛋 1顆
- 小番茄 5顆（或甜椒，75g）
- 法式高麗菜沙拉 約1/3杯（30g）
  * 製作方法參考第31頁
- 白頭韭菜 1把
  （或韭菜 1/3 把，20g）
- 櫻桃蘿蔔 1顆（可以省略）
- 蒜泥 1大匙
- 釀造醬油 1小匙

黃芥末醬

- 橄欖油 1/2大匙
- 低糖黃芥末醬 1大匙
- 醋 1大匙
- 阿洛酮糖 1/2大匙（或寡糖）
- 鹽巴 少許
- 胡椒粉 少許

1 雞蛋放入鍋中，倒入可剛好淹過雞蛋的水量，開大火煮至沸騰，轉小火繼續煮12分鐘後放涼。
  * 可以根據喜好改成煮5分鐘變半熟蛋。

2 白頭韭菜切成3cm的段狀；櫻桃蘿蔔切成薄片；小番茄對半切。

3 水煮蛋剝殼，切成0.5cm厚的片狀。

4 熱鍋後放醃燻鴨肉片，轉中火翻炒2分鐘。
  * 先將肉片放在濾網中過熱水後再料理，可以去除油脂與雜質。

5 在步驟④的鍋中放入蒜泥與釀造醬油繼續翻炒1分鐘，關火放入白頭韭菜輕拌。

6 黃芥末醬的食材放入小碗中攪拌均勻。
另外用大碗盛裝所有食材，搭配芥末醬享用。

Tip

如果想用其他肉類取代煙燻鴨肉片？

可以換成等量的雞胸肉或牛肉。

如果想用其他碳水化合物取代米飯？

糙米飯可以換成100g的水煮鷹嘴豆或蒸栗子南瓜，便能有充分的飽足感，味道與鴨肉也很搭。

便當 高纖

辣炒豬肉波奇碗
＋梅子醬

459 kcal

碳水化合物 52.6%　蛋白質 28.9%　脂肪 18.6%

將熟悉的韓式辣炒豬肉改良為波奇碗食譜，比起沙拉用生菜，改選用與辣炒豬肉味道較搭的白菜和韓國芝麻葉，讓滋味更加和諧。再搭配用梅子濃縮液製成的梅子醬，不僅能夠幫助消化，還可以讓料理變得更清爽。

20～25分鐘

- 熱熱的糙米飯 60g（或多穀飯）
  ＊製作方法參考第31頁
- 微型菜苗 1把
  （或沙拉用生菜，20g）
- 白菜 2片
  （或高麗菜 2 片，60g）
- 豬前腿肉
  （或燒烤豬肉片、豬里肌，100g）
- 小番茄 5顆（或甜椒，75g）
- 法式胡蘿蔔沙拉 約1/3杯（30g）
  ＊製作方法參考第31頁
- 韓國芝麻葉 10片（20g）
- 食用油 1小匙
- 蒜泥 1大匙

豬肉醬料

- 辣椒粉 1大匙
- 味醂 1大匙
- 釀造醬油 1大匙
- 阿洛酮糖 1小匙（或寡糖）
- 芝麻油 1小匙
- 胡椒粉 少許

梅子醬

- 洋蔥丁 1大匙
- 梅子濃縮液 1又1/2大匙
- 醋 1大匙
- 蒜泥 1小匙
- 鹽巴 1/4小匙
- 胡椒粉 少許

1 白菜與韓國芝麻葉切成0.5cm寬的細絲；小番茄對半切。
2 豬前腿肉切成1cm厚的長條狀。
3 豬肉與豬肉醬料的食材放入小碗裡攪拌。
4 熱鍋後倒食用油，放入蒜泥，轉小火爆香2分鐘。
放入已調味的豬肉，轉中火翻炒3分鐘，注意別讓醬汁炒焦。
5 梅子醬的食材放入小碗中攪拌均勻。
另外用大碗盛裝所有食材，搭配梅子醬享用。

Tip

如果想換成其他蔬菜？
微型菜苗、白菜以及韓國芝麻葉可以換成沙拉用生菜、芥菜葉和山芹菜等其他包肉用生菜。

山芹菜牛五花波奇碗
＋芝麻醬油

便當 作者推薦

466 kcal

碳水化合物 53.5%　蛋白質 28.3%　脂肪 18.2%

運用波奇碗專賣店高人氣食材——牛五花，製作味道濃郁卻又清爽的波奇碗。搭配清香的山芹菜可以減輕牛五花的油膩，略帶一絲苦味更是十分下飯。由於牛五花的油脂較多，記得煎熟後一定要用廚房紙巾吸掉油脂。

20～25分鐘

- 熱熱的糙米飯 60g（或多穀飯）
  * 製作方法參考第31頁
- 山芹菜 1把（或微型菜苗，25g）
- 沙拉用生菜 30g
- 牛五花 100g
  （或松阪豬肉片、火鍋牛肉片）
- 小番茄 5顆
  （或甜椒 1/4 顆，75g）
- 小黃瓜 1/4根（50g）
- 醃洋蔥 1/3杯（1/4顆的分量，50g）
  * 製作方法參考第31頁
- 炸洋蔥絲 1大匙（10g）
- 核桃碎粒 1大匙（或其他堅果類）

牛五花醬料

- 釀造醬油 1/2大匙
- 味醂 1/2大匙
- 蒜泥 1小匙

芝麻醬油

- 碎芝麻 2大匙
- 水 1大匙
- 釀造醬油 1大匙
- 味醂 1大匙
- 檸檬汁 1/2大匙
- 阿洛酮糖 1小匙（或寡糖）
- 胡椒粉 少許

1 山芹菜切成2cm長的段狀；小黃瓜切成0.5cm厚的片狀；小番茄對半切。
2 熱鍋後放牛五花，轉中火煎1分鐘。
3 用廚房紙巾吸走油脂後，放入牛五花醬料的食材，拌炒30秒後起鍋。
4 芝麻醬油的食材放入小碗中攪拌均勻。
另外用大碗盛裝所有食材，搭配芝麻醬油享用。

Tip

如果想將波奇碗改造成沙拉？

可以省略糙米飯，改放豆芽菜，享用吃起來更為輕盈的沙拉。牛五花煎熟後，用廚房紙巾吸走油脂，放入2把豆芽菜，轉大火翻炒1分30秒至2分鐘，接著倒入少許釀造醬油與芝麻油拌勻，就會變成一道碳水化合物較少、卻有充分飽足感的溫沙拉。

山葵牛排波奇碗
＋山葵醬油

高蛋白　高纖

447 kcal

碳水化合物 48.4%　蛋白質 32.6%　脂肪 18.9%

放入清淡的牛里肌，是能吃得飽又美味的波奇碗。加上翻炒出鍋氣的獅子唐辛子*與豆芽菜，不僅口感清脆，味道與牛里肌排也很搭。醬汁則搭配放入嗆辣山葵的醬油，可以減輕肉的油膩，也能為稍嫌清淡的蔬菜增添風味。

譯注：辣椒的一種，原產於日本，通常為綠色，辣度較低。又稱為日本小青椒。

20～25分鐘

- 熱熱的糙米飯 60g（或多穀飯）
  ＊製作方法參考第31頁
- 沙拉用生菜 30g
- 牛里肌 100g
- 豆芽菜 2把（或高麗菜 3片，100g）
- 小番茄 5顆（或甜椒，75g）
- 獅子唐辛子 5根（或青椒，25g）
- 白頭韭菜 1/2根（或芥菜葉、微型菜苗，10g）
- 醃洋蔥 1/3杯（50g）
  ＊製作方法參考第31頁
- 橄欖油 1小匙
- 鹽巴 少許
- 黑胡椒粉 少許
- 炸洋蔥絲 2大匙（或蒜片、海苔酥 1/2 杯）

山葵醬油

- 山葵醬 1小匙（或辣芥末醬，可以根據喜好調整用量）
- 阿洛酮糖 1大匙（或寡糖）
- 醋 1大匙
- 釀造醬油 1又1/2大匙
- 芝麻油 1/2小匙
- 黑胡椒粉 少許

1 去除獅子唐辛子的蒂頭，斜切成兩等分；白頭韭菜切碎；小番茄對半切。
2 山葵醬與阿洛酮糖放入小碗中攪拌均勻，再放入其他山葵醬油的食材拌一拌。
3 在牛里肌上面放廚房紙巾用力按壓，吸乾血水。
熱鍋後倒橄欖油，放入牛里肌，撒上少許鹽巴與黑胡椒粉，轉大火兩面各煎1～2分鐘後起鍋。
＊可以根據喜好調整牛肉的熟度。
4 在步驟③的鍋子中放入豆芽菜與獅子唐辛子後轉大火，撒上少許鹽巴與黑胡椒後翻炒1分鐘，維持清脆口感。
5 牛里肌排切成好入口的大小。
用大碗盛裝所有食材，搭配山葵醬油享用。

Tip

如果想換成其他肉類？

除了牛肉外，雞腿肉的味道也很搭。雞腿肉的料理方式與牛里肌相同，但請根據肉的厚度調整烹煮時間。如果去除雞腿肉的外皮和脂肪，味道則會變得較清淡。

如果想換成其他蔬菜？

搭配白頭韭菜與醃洋蔥，是為了讓這道料理吃到最後一刻都能充滿清爽感。如果覺得白頭韭菜太辣，可以換成辣度較低、但一樣清爽的芥菜葉或微型菜苗。

食譜請參閱第68頁

高纖　作者推薦

鮪魚波奇碗
＋山葵柚子醬油

502 kcal

碳水化合物46.5%　蛋白質 28.7%　脂肪 24.7%

鮪魚波奇碗自夏威夷發跡，是最基本的波奇碗菜色，本篇則改良成在家也能輕鬆料理的食譜。生食鮪魚配上清脆的蔬菜與海藻，可以用酥脆又香醇的海苔脆片舀著享用，也可以將海苔脆片弄碎，撒在波奇碗上。另外，生食鮪魚也可以換成鮭魚或其他白肉魚。

Tip
鮪魚要切成大塊狀，口感才會好。

鮪魚波奇碗

20～25分鐘（＋冷凍鮪魚解凍30分鐘）

- 熱熱的糙米飯 60g（或多穀飯）
  ＊製作方法參考第31頁
- 沙拉用生菜 50g
- 冷凍生食鮪魚 1/2塊（或生食鮭魚，100g）
- 小黃瓜 1/4根（或甜椒，50g）
- 綜合海藻 約1/3杯
  （或海帶絲、海藻龍鬚菜以及海帶等，30g）
- 紫洋蔥 1/8顆（或洋蔥，25g）
- 魚卵 2大匙（約20g）
- 蘿蔔嬰 1把（或韓國芝麻葉，10g）
- 櫻桃蘿蔔 1顆（可以省略）
- 海苔脆片 1～2片
  （或烤海苔、烤甘苔*，10g，可以省略）
- 檸檬汁 1小匙
- 米酒 1大匙

海藻調味

- 芝麻油 1/2大匙
- 鹽巴 少許
- 碎芝麻 少許

山葵柚子醬油

- 阿洛酮糖 1/2大匙（或寡糖）
- 山葵醬 1小匙（可以根據喜好調整用量）
- 釀造醬油 1又1/2大匙
- 水 1大匙
- 柚子蜜 1小匙（可以省略）
- 檸檬汁 1小匙
- 胡椒粉 少許

譯注：甘苔為海藻的一種，烤甘苔則是將甘苔烘烤，製作成類似海苔片的模樣。

1. 冷凍生食鮪魚解凍後，用廚房紙巾按壓吸乾水分，切成1.5cm大小的塊狀。
2. 步驟①的生食鮪魚放到小碗裡，倒入檸檬汁攪拌，放冰箱冷藏至要食用前。
3. 紫洋蔥切成細絲，浸泡冷水去除辣味後，用濾網瀝乾水分。
4. 在魚卵上灑米酒，解凍5分鐘後用濾網瀝乾水分。
5. 綜合海藻以流水沖洗2～3遍，用濾網瀝乾水分後切成兩段，連同用來調味海藻的食材放入小碗中，攪拌均勻。
6. 小黃瓜與櫻桃蘿蔔切成1cm大小的塊狀。
7. 芥末醬與阿洛酮糖放入小碗中攪拌均勻，再放入其他山葵柚子醬油的食材拌一拌。
   另外用大碗盛裝所有食材，搭配山葵柚子醬油享用。

Tip

如果想用其他海鮮取代鮪魚？

除了冷凍生食鮪魚，可以換成等量的煙燻鮭魚、生食鮭魚以及生食白肉魚。也可以換成汆燙魷魚或水煮章魚。

如果想用其他食材取代海苔脆片？

能夠增添酥脆口感的海苔脆片，可以換成烤海苔（或其他調味海苔）。另外，就像平常會用烤海苔將鮪魚生魚片包起來吃一樣，如果將波奇碗食材用烤海苔包起來吃，會有種熟悉又新鮮的風味。

作者推薦

香辣鮭魚波奇碗
＋是拉差美乃滋醬

532 kcal

碳水化合物 46.8%　蛋白質 26.6%　脂肪 26.6%

本篇會介紹如何在家簡單料理波奇碗專賣店的人氣菜單——鮭魚波奇碗。只要有新鮮的生食鮭魚，配上味道與鮭魚很搭的滿滿蔬菜以及香辣醬汁，吃到最後一口都能清爽無比，是無須開火也能輕鬆完成的食譜。

Tip

如果先將鮭魚和醬汁拌勻入味，味道會與其他食材更搭。

15～20分鐘

- 熱熱的糙米飯 60g（或多穀飯）
  * 製作方法參考第31頁
- 美生菜 4片（或沙拉用生菜，60g）
- 生食鮭魚 1/2塊
  （或生食鮪魚、煙燻鮭魚，100g）
- 酪梨 1/2顆（100g）
- 小黃瓜 1/4根（50g）
- 小番茄 5顆
  （或甜椒 1/4 顆，75g）
- 紫洋蔥 1/8顆（或洋蔥，25g）
- 玉米罐頭 2大匙
  （或水煮鷹嘴豆，20g）
- 海苔酥 1/2杯（5g）
- 芝麻 少許（可以省略）

鮭魚調味

- 檸檬汁 1/2大匙
- 鹽巴 少許
- 黑胡椒粉 少許

是拉差美乃滋醬

- 是拉差醬 1又1/2大匙
  （可以根據喜好調整用量）
- 低脂美乃滋 1大匙
- 釀造醬油 1大匙
- 阿洛酮糖 1/2大匙（或寡糖）
- 芝麻油 1/2小匙
- 黑胡椒粉 少許

1 生食鮭魚切成1.5cm厚的塊狀。
2 鮭魚與鮭魚調味食材放入小碗中拌一拌。
3 美生菜切成1cm寬的細絲；小黃瓜對半切成長條後，再切成0.5cm厚的片狀。
4 紫洋蔥切成細絲；小番茄對半切。
酪梨處理好後，切成1.5cm厚的塊狀。
5 是拉差美乃滋醬的食材放入小碗中攪拌均勻。
6 生食鮭魚、紫洋蔥以及1大匙是拉差美乃滋醬放入小碗拌一拌。
另外用大碗盛裝所有食材，搭配是拉差美乃滋醬享用。

Tip

如果是第一次處理酪梨？

用刀子深切酪梨至碰到籽，將酪梨順著刀子轉一圈，沿著切痕扳成兩半，再將刀子插入酪梨籽中旋轉去籽。可以用手剝掉酪梨皮，或者將湯匙沿著皮與果肉插至深處，挖出果肉即可。*可以參考第49頁的步驟圖。

如果想用其他的食材取代生食鮭魚？

可以換成鮭魚罐頭或鮪魚罐頭，不過罐頭製品本身已調味，請省略鮭魚調味食材。

Q彈的蝦子拌上香辣醬汁後煎熟，搭配結合優格與是拉差醬、辛辣又帶點甜味的醬汁，而口感柔軟的酪梨與水煮蛋則能綜合辣味。是用料豐富又能吃得飽的波奇碗。

便當 低碳水 高纖

蒜蝦波奇碗
＋辣優格醬

588 kcal

碳水化合物 45.1%　蛋白質 27.4%　脂肪 27.4%

20～25分鐘

- 熱熱的糙米飯 60g（或多穀飯）
  ⋆ 製作方法參考第31頁
- 沙拉用生菜 50g
- 冷凍大生蝦 5隻（75g）
- 雞蛋 1顆
- 甜椒 1/4顆（50g）
- 酪梨 1/4顆
  （或其他堅果類 2 大匙，50g）
- 水煮鷹嘴豆 3大匙（30g）
  ⋆ 製作方法參考第31頁
- 法式胡蘿蔔沙拉 約1/3杯
  （30g）
  ⋆ 製作方法參考第31頁
- 櫻桃蘿蔔 1顆（可以省略）
- 炸洋蔥絲 2大匙
  （或蒜片，可以省略）

蝦子調味

- 蒜泥 1大匙
- 辣椒粗片 1/2小匙（可以省略）
- 橄欖油 1小匙
- 鹽巴 少許
- 黑胡椒粉 少許

辣優格醬

- 希臘優格 2大匙
- 低脂美乃滋 1大匙
- 是拉差醬 1大匙（可以根據喜好調整用量）
- 阿洛酮糖 1/2大匙（或寡糖）
- 鹽巴 少許
- 黑胡椒粉 少許

1 雞蛋放入鍋中，倒入可剛好淹過雞蛋的水量，開大火煮滾後繼續煮5分鐘，再放至冷水中，等冷卻後剝殼並對半切。
⋆ 可以根據喜好改成煮12分鐘至全熟。

2 冷凍生蝦浸泡冷水解凍10分鐘，接著用濾網瀝乾水分。

3 生蝦與生蝦的調味食材放入小碗中拌一拌。

4 甜椒切成1.5cmX1.5cm的塊狀；櫻桃蘿蔔切成薄片；酪梨處理好後，切成薄片。

5 熱鍋後放入步驟③的生蝦，轉中小火兩面各煎2～3分鐘，過程中為了避免蒜泥燒焦，要不斷翻面。

6 辣優格醬的食材放入小碗中攪拌均勻。
另外用大碗盛裝所有食材，搭配辣優格醬享用。

Tip

如果想省略水煮蛋？

喜歡吃酪梨的話，可以省略水煮蛋，酪梨增量至1/2顆，就不會影響味道與營養的平衡。可以根據喜好更改食材。

如果是第一次處理酪梨？

用刀子深切酪梨至碰到籽，將酪梨順著刀子轉一圈，沿著切痕扳成兩半，再將刀子插入酪梨籽中旋轉去籽。可以用手剝掉酪梨皮，或者將湯匙沿著皮與果肉插至深處，挖出果肉即可。⋆可以參考第49頁的步驟圖。

食譜請參閱第76頁

用魚露製作而成的南洋風波奇碗，還加入甜甜的鳳梨與香醇的花生碎粒，增添異國風味。另外，魷魚煎過後的Q彈口感，加上清脆的芹菜與獅子唐辛子，更是絕妙搭配。

便當

南洋風魷魚波奇碗
＋香辣魚露醬

429 kcal

碳水化合物56.8%　蛋白質27.4%　脂肪15.8%

紫蘇明太子波奇碗
＋紫蘇油醬

低碳水

551 kcal

碳水化合物 41.6%　蛋白質 23.8%　脂肪 34.7%

將紫蘇油蕎麥涼麵改良成波奇碗，在蕎麥麵中加入多種蔬菜，搭配味道較清淡的低鹽烤明太子，增添風味與營養。再加上香醇的紫蘇油醬與口感軟嫩的嫩豆腐，是道可以當作韓式沙拉享用的餐點。

食譜請參閱第78頁

南洋風魷魚波奇碗

20～25分鐘

- 熱熱的糙米飯 60g（或多穀飯）
  ⋆製作方法參考第31頁
- 沙拉用生菜 50g
- 魷魚 1/2尾
  （或冷凍生蝦 7 隻，120g）
- 甜椒 1/4顆（50g）
- 鳳梨片 50g（或芒果，50g）
- 法式胡蘿蔔沙拉 約1/3杯（30g）
  ⋆製作方法參考第31頁
- 獅子唐辛子 5根（或青椒 1/2顆，25g）
- 芹菜 10cm（或小黃瓜 1/4根，20g）
- 橄欖油 1/2大匙
- 蒜泥 1大匙
- 釀造醬油 1/2大匙
- 花生碎粒 1大匙
  （或炸洋蔥絲、其他堅果類）

香辣魚露醬

- 蒜泥 2大匙
- 檸檬汁 1/2大匙
- 阿洛酮糖 1/2大匙（或寡糖）
- 魚露 1/2大匙（或韓式魚露）
- 是拉差醬 1/2大匙
- 鹽巴 少許
- 胡椒粉 少許

1 用剪刀將魷魚的身體剪開。
2 拔出連接著內臟的魷魚腳。
3 去除身體部位的透明骨頭。
4 去除和魷魚腳相連的內臟、眼睛與嘴巴。
用流水沖洗魷魚腳，去除吸盤。
5 魷魚腹部用刀劃出間隔0.5cm的斜線。
6 魷魚身體對半切後，切成1cm寬的條狀；魷魚腳切成4cm長的條狀。
7 獅子唐辛子去籽後對半切；甜椒切成0.5cm寬的長條狀；芹菜斜切成0.5cm寬的片狀；鳳梨片切成8塊。
8 熱鍋後倒橄欖油，放入魷魚轉中火翻炒1分鐘，再放入蒜泥繼續翻炒1分鐘。
9 在步驟⑧的鍋中放入獅子唐辛子與釀造醬油，翻炒30秒後起鍋。
10 香辣魚露醬的食材放入小碗中攪拌均勻。
另外用大碗盛裝所有食材，搭配香辣魚露醬享用。

Tip

如果想用麵食取代米飯？

可以改搭配米線中最為纖細的米粉。將米粉（25g）用水泡開後，放入滾水中煮30秒，過冷水瀝乾即可食用。

如果想用其他海鮮取代魷魚？

可以改用生蝦。7隻冷凍生蝦解凍後，將生蝦順著身體對半切，煎烤後便能搭配波奇碗享用。

紫蘇明太子波奇碗

20～25分鐘

- 蕎麥麵 1把（或糙米飯，50g）
- 沙拉用生菜 50g
（或微型菜苗、山芹菜）
- 嫩豆腐 1/3盒
（或韓式嫩豆腐、可以生食的豆腐 90g）
- 低鹽明太子 1條（20g）
- 雞蛋 1顆
- 小番茄 5顆（75g）
- 小黃瓜 1/4根（或甜椒，50g）
- 酪梨 1/4顆
（或各種堅果碎粒 1 大匙，50g）
- 櫻桃蘿蔔 1顆（可以省略）
- 食用油 1小匙
- 紫蘇油 1小匙（或芝麻油）
- 海苔酥 1/2杯（5g）
- 珠蔥花 1大匙（或蔥花）

紫蘇油醬

- 紫蘇油 1大匙（或芝麻油）
- 釀造醬油 1又1/2大匙
- 味醂 1大匙
- 蒜泥 1小匙
- 阿洛酮糖 1小匙（或寡糖）
- 胡椒粉 少許

1 鍋中放入用來煮蕎麥麵的水5杯，開火煮滾。
小黃瓜切成0.5cm厚的片狀；櫻桃蘿蔔切成薄片；小番茄對半切。
酪梨處理好後，切成0.5cm厚的片狀。

2 打蛋至小碗中攪拌均勻。

3 熱鍋後倒食用油，再倒入蛋液，兩面各煎1分鐘後起鍋。

4 擦拭鍋子後再次熱鍋，倒紫蘇油，放入明太子後轉小火煎3分鐘至表面金黃，過程中要不斷翻面。

5 步驟①的水煮滾後放入蕎麥麵，按照包裝上的烹煮時間煮熟，放在濾網上過多次冷水後瀝乾。

6 放涼的雞蛋捲起來切成細絲。

7 煎好的明太子切成好入口的大小。

8 紫蘇油醬的食材放入小碗中攪拌均勻。
另外用大碗盛裝所有食材，搭配紫蘇油醬享用。
* 嫩豆腐可直接用湯匙挖，隨意放入波奇碗中。

Tip

如果想用其它食材取代蕎麥麵？

除了蕎麥麵以外，豆腐麵的味道也很搭。如果要換成豆腐麵，便可以省略不放豆腐，但飽足感與蛋白質攝取量可能會降低，請再多放一顆雞蛋。

如果是第一次處理酪梨？

用刀子深切酪梨至碰到籽，將酪梨順著刀子轉一圈，沿著切痕扳成兩半，再將刀子插入酪梨籽中旋轉去籽。可以用手剝掉酪梨皮，或者將湯匙沿著皮與果肉插至深處，挖出果肉即可。*可以參考第49頁的步驟圖。

利用鮪魚罐頭與蟹肉棒，便能不開火簡單製作波奇碗。放入大量水分滿滿的蔬菜，增添爽脆口感，再搭配辛辣的山葵美乃滋醬，將會帶來柔和又熟悉的滋味。如果是第一次嘗試波奇碗，這會是能輕鬆挑戰成功的食譜。

超簡單 便當 高蛋白 高纖

山葵鮪魚波奇碗
＋山葵美乃滋醬

474 kcal

碳水化合物 51% 蛋白質 30.4% 脂肪 18.6%

15～20分鐘

- 熱熱的糙米飯 60g（或多穀飯）
  ＊製作方法參考第31頁
- 沙拉用生菜 50g
- 鮪魚罐頭 1小罐
  （或水煮雞胸肉、鮭魚罐頭，100g）
- 小黃瓜 1/4根（或甜椒，50g）
- 蟹肉棒 40g
- 紫高麗菜 1片
  （或高麗菜、白菜，30g）
- 法式胡蘿蔔沙拉 約1/3杯（30g）
  ＊製作方法參考第31頁
- 玉米罐頭 2大匙（30g）
- 炸洋蔥絲 2大匙
  （或蒜片、海苔酥，可以省略）

山葵美乃滋醬

- 蒜泥 2大匙
- 山葵醬 1小匙（可以根據喜好調整用量）
- 阿洛酮糖 1/2大匙（或寡糖）
- 低脂美乃滋 1又1/2大匙
- 檸檬汁 1小匙
- 鹽巴 少許
- 胡椒粉 少許

1. 用濾網瀝掉鮪魚罐頭的油。
2. 紫洋蔥切成細絲；小黃瓜切成0.5cm厚的片狀；蟹肉棒撕成細絲。
3. 山葵醬與阿洛酮糖放入小碗中攪拌均勻，再放入其他山葵美乃滋醬的食材拌一拌。
4. 鮪魚罐頭與山葵美乃滋醬1/2大匙放入小碗中攪拌均勻。
   另外用大碗盛裝所有食材，搭配山葵美乃滋醬享用。

chapter 2 沙拉碗

SALAD

接下來要介紹的沙拉碗不只有蔬菜，還放了穀物、豆類、肉類以及堅果類等食材，除了能達到營養均衡外，還有充分的飽足感，當作正餐享用也絕對沒問題。此外，本書更提供多種不同口味與濃淡的醬汁食譜，有的會放入滿滿碎豆腐，讓醬汁變得濃郁，也有像莎莎醬一樣，放入豐富配料的醬汁。各位可以一口氣製作分量充足的醬汁，運用在各式沙拉料理上，也可以塗在全麥捲餅皮或雜糧麵包上，製作成開放式三明治或墨西哥捲餅，享受不一樣的滋味。

超簡單 便當 素食友善 高纖

高麗菜蘋果沙拉碗
＋豆腐花生醬

381 kcal

碳水化合物50.6% 蛋白質 27.1% 脂肪 22.4%

食材雖然很簡單，但口感清脆，又有香醇滋味，是會讓人忍不住一口接一口的沙拉碗。有著滿滿豆腐的豆腐花生醬非常濃稠，所以將食材與醬汁拌在一起時，需要用一點力才能攪拌均勻。最後再撒上火麻仁，增添香氣與營養。

Tip

火麻仁是富含蛋白質的超級穀物之一，試著撒上滿滿的火麻仁後享用吧。

15～20分鐘

- 高麗菜 4片（手掌大小，或紫洋蔥與白菜，120g）
- 蘋果 1/2顆（100g）
- 胡蘿蔔 1/4根（或甜椒，50g）
- 火麻仁 1大匙（或堅果碎粒 1 大匙）

豆腐花生醬

- 豆腐 1/2塊（乾煎用，150g）
- 無添加花生醬 1大匙（或碎芝麻 2 大匙）
- 檸檬汁 1大匙
- 釀造醬油 1大匙
- 阿洛酮糖 1大匙（或寡糖）
- 橄欖油 1/2大匙
- 鹽巴 1/2小匙
- 胡椒粉 少許

1 用廚房紙巾輕壓吸乾豆腐的水分。

2 豆腐花生醬的食材放入食物調理機中絞碎。

＊可以先將豆腐絞碎，再放入其他豆腐花生醬的食材，會絞得更均勻。

3 高麗菜、蘋果以及胡蘿蔔切成細絲。

4 豆腐花生醬、高麗菜、蘋果以及胡蘿蔔放入大碗中攪拌均勻。

5 另外用大碗盛裝，撒上火麻仁後享用。

Tip

如果想增加飽足感？

可以加一顆水煮蛋，將水煮蛋剁成碎塊，在最後一個步驟時與其他食材一起拌勻，增加蛋白質攝取量。也可以搭配烤過的全麥捲餅皮包著吃，就能增添飽足感。

如果豆腐花生醬還有剩？

由於豆腐花生醬非常濃稠，可以用來代替美乃滋運用於各式料理上，例如蔬菜棒的沾醬，或是三明治抹醬。放入保鮮盒中，可冷藏保存3～5天。

將平時總是作為包肉用生菜或小菜享用的白菜加入沙拉中，是能感受到新穎滋味的食譜。白菜口感清脆且富含膳食纖維，雖然體積較大，但用鹽巴醃漬後會變小，再搭配雞蛋與栗子南瓜等能增加飽足感的食材，可以吃得更滿足。

高纖　作者推薦

醃白菜雞蛋沙拉碗
＋芥末優格醬

418 kcal

碳水化合物48.2%　蛋白質 23.5%　脂肪 28.2%

15～20分鐘（＋白菜醃漬時間10分鐘）

- 白菜 5片（或高麗菜，200g）
- 栗子南瓜 約1/5顆
  （或小地瓜 1 顆，150g）
- 雞蛋 2顆
- 蘋果 1/2顆（100g）
- 小黃瓜 1/2根（100g）
  * 蘋果與小黃瓜可以換成等量的其他蔬菜與水果
- 鹽巴 1小匙
- 黑胡椒粉 少許

芥末優格醬

- 希臘優格 3大匙
- 低脂美乃滋 1大匙（或美乃滋）
- 低糖芥末醬 1大匙
  （可以根據喜好調整用量）
- 阿洛酮糖 1小匙（或寡糖）
- 鹽巴 1/4小匙
- 胡椒粉 少許

1 雞蛋放入鍋中，倒入可剛好淹過雞蛋的水量，開大火煮至沸騰，轉小火繼續煮12分鐘後，放入冷水中冷卻剝殼。

2 雞蛋放入小碗中，用搗碎器或叉子搗成碎塊。
白菜切成0.5cm寬的細絲。

3 白菜與鹽巴放入大碗中攪拌均勻並靜置10分鐘，放在濾網上過冷水，記得一定要瀝乾。

4 去除栗子南瓜的籽，連同外皮切成1.5cm大小的塊狀；蘋果與小黃瓜切成1cm大小的塊狀。

5 栗子南瓜放入耐熱容器中，蓋上蓋子放入微波爐加熱2分鐘。
* 加熱時間需依照栗子南瓜的種類與大小調整。

6 芥末優格醬的食材放入小碗中攪拌均勻，再放入其他食材拌一拌。

Tip

如果想改造成三明治享用？

可將全麥捲餅皮或全麥吐司烤過放涼，放上滿滿的沙拉，作成三明治。因為是使用醃過的白菜，不會釋放太多水分，很適合做成三明治享用。沙拉可以一口氣做多一點，放入保鮮盒中冷藏保存，約可放1～2天都還很新鮮。

便當 低碳水

雞蛋撒料凱薩沙拉碗
＋優格凱薩醬

470 kcal

碳水化合物44.1% 蛋白質 29% 脂肪 26.1%

改造廣受歡迎的凱薩沙拉，降低熱量並提升飽足感，除了透過蘋果增添甜味與清脆口感，也將水煮蛋用刨絲器刨成撒料，不僅充滿新鮮感，還能輕鬆與其他食材拌在一起享用。比起使用市售的高熱量凱薩醬，利用希臘優格與低脂美乃滋打造而成的優格凱薩醬能夠增添風味，還能降低熱量。

20～25分鐘

- 雜糧吐司 1片（或雜糧麵包，40g）
- 蘿蔓 12片（手掌大小，或羽衣甘藍與沙拉用生菜，70g）
- 蘋果 1/2顆（或梨子 1/4顆，100g）
- 雞蛋 2顆
- 小番茄 5顆（75g）
- 長條培根 2片（或雞胸火腿片）

優格凱薩醬

- 帕達諾乾酪粉 1大匙
- 檸檬汁 1/2大匙
- 希臘優格 2大匙
- 低脂美乃滋 1大匙
- 蒜泥 1小匙
- 芥末籽醬 1小匙
- 阿洛酮糖 1小匙（或寡糖）
- 鹽巴 少許
- 黑胡椒粉 少許

1 雞蛋放入鍋中，倒入可剛好淹過雞蛋的水量，開大火煮至沸騰，轉中火繼續煮12分鐘後放涼剝殼。
煮好的雞蛋一顆切成8等分，另一顆先不動。
2 蘿蔓切成好入口的大小；蘋果切成0.5cm寬的條狀；小番茄切成4等分；培根切成0.5cm寬的條狀。
3 熱鍋後放雜糧吐司，轉中小火兩面各煎1分30秒，放涼後切成10等分。
4 擦拭鍋子後再次熱鍋，放入培根，轉中火翻炒1分鐘，用廚房紙巾按壓吸油。
5 優格凱薩醬的食材放入小碗中攪拌均勻。
6 除了還未切過的水煮蛋，其餘食材全放入大碗中輕拌。
用刨絲器刨水煮蛋，像起司一樣撒在沙拉上。
* 如果沒有刨絲器，也可以將水煮蛋切成8等分後放入沙拉中。

Tip

如果想吃得更健康？
要是覺得油膩的培根負擔太重，可以換成較為清淡的雞胸火腿片或雞胸肉香腸。另外，烤麵包也可以換成烤馬鈴薯或烤地瓜。

便當

法式吐司沙拉碗
＋楓糖巴薩米克醬

519 kcal

碳水化合物46.1%　蛋白質 20.2%　脂肪 33.7%

是可以同時享受到法式吐司與沙拉的食譜。
雜糧吐司吸飽蛋液後煎烤，搭配時令蔬果，便能增添清爽滋味。再配上放入楓糖漿的醬汁，試著享受宛如早午餐的沙拉碗吧。

20～25分鐘

- 雜糧吐司 1片（或雜糧麵包，40g）
- 菠菜 1把（或微型菜苗、沙拉用生菜，25g）
- 草莓 5顆（或香蕉、葡萄等，100g）
- 莫札瑞拉起司球 1/2袋（或莫札瑞拉起司 1/2 塊、起司條以及起司片，30g）
- 無鹽奶油 1大匙（或橄欖油）
- 杏仁片 1大匙（或堅果碎粒，10g）

蛋液

- 雞蛋 1顆
- 希臘優格 1大匙（或牛奶 2 大匙）
- 阿洛酮糖 1小匙（或寡糖）
- 鹽巴 1/3小匙
- 黑胡椒粉 少許

楓糖巴薩米克醬

- 楓糖漿 1大匙
- 巴薩米克醋 1大匙
- 橄欖油 1小匙
- 鹽巴 少許
- 黑胡椒粉 少許

1. 菠菜切成2～3等分；草莓對半切。
2. 雜糧吐司切成8等分。
3. 蛋液食材放入小碗中攪拌均勻。
4. 雜糧吐司放入步驟③的小碗裡，充分浸泡在蛋液中。
5. 熱鍋後放奶油，等奶油融化放入雜糧吐司，轉中小火兩面各煎1分30秒。
6. 楓糖巴薩米克醬的食材放入小碗中攪拌均勻。
   另外用大碗盛裝菠菜與其他食材，搭配楓糖巴薩米克醬享用。

高纖 作者推薦

布里起司螺旋麵沙拉碗

490 kcal

碳水化合物46.7% 蛋白質 22.8% 脂肪 30.4%

以廚藝精湛聞名的歌手成始璄曾介紹過的布里起司螺旋麵，本書則將這道料理變成熱熱的溫沙拉。
沙拉碗減少全麥螺旋麵的用量，搭配野生芝麻菜與炒菇來增添口感與飽足感。趁著全麥螺旋麵與炒菇還熱騰騰時拌入布里起司，就能讓起司徹底融化，與所有食材均勻拌在一起。

20～25分鐘

- 全麥螺旋麵 2/3杯
（或其他義大利短麵，40g）
- 野生芝麻菜 1/2把
（或沙拉用生菜，25g）
- 小番茄 15顆
（或番茄 1 顆，225g）
- 各種菇類 100g
（蘑菇、香菇以及秀珍菇等）
- 布里起司（小） 2塊
（或大的 1/2 塊，50g）
- 羅勒葉 10～15片（10g）
- 大蒜 2顆（或蒜泥 1/2大匙）
- 橄欖油 1大匙＋1小匙
- 鹽巴 1/3小匙＋少許
- 黑胡椒粉 少許

1 野生芝麻菜與小番茄對半切；羅勒葉切成碎塊。

2 切除菇類底部，順著紋路撕開，或者切成1cm寬的條狀。
大蒜剁成蒜末；布里起司切成1cm大小的塊狀。

3 小番茄、羅勒葉、蒜末、布里起司、橄欖油1大匙、鹽巴1/3小匙以及黑胡椒粉放入大碗中輕拌。

4 鍋中倒入煮螺旋麵的水5杯及鹽巴1小匙，煮滾後放入全麥螺旋麵，按照包裝上的烹煮時間煮熟，再用濾網瀝乾水分。

5 熱鍋後倒1小匙橄欖油，放入各種菇類，轉中火翻炒1分鐘，再放入少許鹽巴後翻炒1分鐘至表面金黃。

6 在步驟③的碗中放入全麥螺旋麵與炒菇，讓布里起司融化後，將所有食材攪拌均勻，再盛裝至另外一個碗享用。
* 要趁全麥螺旋麵與炒菇還溫熱時與布里起司拌在一起，起司才能像醬汁一樣均勻散在食材上。

Tip

如果想用其他蔬菜代替菇類？

可以換成家中常備的甜椒、栗子南瓜以及茄子等各種蔬菜約100g。蔬菜切成好入口的大小，將步驟⑤的翻炒菇類換成蔬菜，炒至表面金黃後，再與布里起司拌在一起就行。

在嚐到有名的烘焙美食後，改造成沙拉碗的食譜。
溼潤的炒蛋與水煮藜麥，搭配番茄莎莎醬就能變得無比清爽。
再將熟透的酪梨切成薄片，像配料一樣擺在一旁，用湯匙舀一口吃下，便是一碗美味又營養均衡的沙拉碗。

Tip
放入辣椒粗片增添辣度，能為炒蛋帶來不一樣的風味。

食譜請參閱第 96 頁

低碳水 作者推薦

香辣炒蛋 番茄莎莎醬沙拉碗

554 kcal

碳水化合物45.2% 蛋白質 25% 脂肪 29.8%

雞肉藜麥羽衣甘藍沙拉碗
＋蜂蜜芥末醬

便當 高蛋白 低碳水 高纖

541 kcal

碳水化合物40.4% 蛋白質 33.7% 脂肪 26%

將煎至酥脆的雞肉搭配羽衣甘藍與藜麥一起享用，是一道營養均衡的沙拉碗。羽衣甘藍切成細絲，與水煮藜麥一起拌上蜂蜜芥末醬，再搭配乾煎雞肉當作配料，風味與雞肉很搭的榛果也經過翻炒後搗成碎塊，撒在沙拉碗上增添口感與香氣。

食譜請參閱第 98 頁

香辣炒蛋
番茄莎莎醬沙拉碗

20～25分鐘

- 藜麥 1/3杯（40g，煮完後約100g）
- 酪梨 1/2顆（100g）
- 野生芝麻菜 1/2把
（或菠菜、微型菜苗，25g）
- 橄欖油 1小匙
- 蒜泥 1小匙
- 辣椒粗片 1/2小匙（可以省略）
- 帕達諾乾酪粉 1大匙
（或披薩乳酪絲、帕瑪森起司粉等）

蛋液

- 雞蛋 2顆
- 牛奶 1/4杯
（或杏仁奶、豆漿以及燕麥奶，50ml）
- 鹽巴 1/4小匙
- 黑胡椒粉 少許

番茄莎莎醬

- 小番茄 5顆（75g）
- 紫洋蔥 1/8顆（或洋蔥，25g）
- 搗碎的義大利香芹 1小匙（或搗碎的羅勒葉）
- 白巴薩米克醋 1大匙
- 橄欖油 1/2大匙
- 鹽巴 1/4小匙
- 黑胡椒粉 少許

1. 鍋中放入藜麥與2杯水，開大火煮滾後轉小火繼續煮15分鐘，用濾網瀝乾水分。
2. 小番茄與紫洋蔥切成碎丁，連同其餘番茄莎莎醬的食材放入小碗中攪拌均勻。
3. 用刀子深切酪梨至碰到籽，將酪梨順著刀子轉一圈。
4. 順著切痕將酪梨扳成兩半，刀子插入酪梨籽中，旋轉去籽。
5. 野生芝麻菜切成2～3等分；酪梨切成0.5cm片狀。
6. 蛋液的食材放入小碗中攪拌均勻。
7. 熱鍋後倒橄欖油，放入蒜泥與辣椒粗片，轉中小火爆香1分鐘，再放入水煮藜麥，轉中火翻炒2分鐘。
8. 步驟⑦的鍋中倒入蛋液，攪拌1分鐘就能製作出溼潤的炒蛋。
9. 關火後放入野生芝麻菜與帕達諾乾酪粉輕拌，盛裝至大碗中並放上酪梨，再搭配番茄莎莎醬享用。

Tip

如果覺得藜麥很陌生？

可以換成1/3杯燕麥片（30g）。
燕麥片無須事先處理，代替步驟⑦中的水煮藜麥放入就行。

雞肉藜麥羽衣甘藍沙拉碗

20～25分鐘

- 藜麥 1/4杯（30g，煮好後約75g）
- 羽衣甘藍 10片（或沙拉用生菜，50g）
- 雞腿肉 1塊（或雞胸肉，100g）
- 法式胡蘿蔔沙拉 約1/3杯（30g）
  * 製作方法參考第31頁
- 紫洋蔥 1/8顆（或洋蔥，25g）
- 榛果 20g（或其他堅果類，2大匙）
- 帕達諾乾酪粉 1大匙

雞腿肉調味

- 米酒 1大匙
- 橄欖油 1小匙
- 鹽巴 少許
- 胡椒粉 少許

蜂蜜芥末醬

- 檸檬汁 1大匙
- 白巴薩米克醋 1大匙（或巴薩米克醋）
- 低糖芥末醬 1大匙
- 橄欖油 1/2大匙
- 蜂蜜 1小匙（或阿洛酮糖、寡醣）
- 鹽巴 1/3小匙
- 黑胡椒粉 少許

1 鍋中放入藜麥與2杯水，開大火煮滾後轉小火繼續煮15分鐘，用濾網瀝乾水分。

2 羽衣甘藍捲起來，切成0.5cm寬的細絲；紫洋蔥切成細絲，浸冷水去除辣味後，用濾網瀝乾水分。

3 雞腿肉切成1.5cm厚的塊狀。

4 雞腿肉與雞腿肉調味食材放入小碗中攪拌均勻。

5 熱鍋後放榛果，轉中小火翻炒1分鐘至表面金黃。

6 炒好的榛果搗成碎塊。

7 擦拭步驟⑥的鍋子後再次熱鍋，放入雞腿肉，轉中火煎3分鐘至表面金黃，過程中要不斷的翻面以避免焦掉。

8 蜂蜜芥末醬的食材放入大碗中攪拌均勻，在碗裡放入羽衣甘藍、藜麥以及紫洋蔥後輕拌。
另外用大碗盛裝所有食材後享用。

Tip

如果想用其他穀物取代藜麥？

推薦換成水煮薏仁或水煮卡姆小麥，Q彈的口感很適合搭配沙拉享用。

高蛋白 作者推薦

涼拌小黃瓜雞肉沙拉碗

451 kcal

碳水化合物51.9% 蛋白質 33% 脂肪 15.1%

是將在社群網路上大受歡迎的涼拌小黃瓜，搭配中國川菜口水雞製作而成的沙拉碗。小黃瓜用棍子敲打過後，香氣會大幅提升，也更容易入味。另外，涼拌小黃瓜的調味還能同時扮演沙拉碗醬汁，就不需另外製作醬汁了。爽口小黃瓜配上香辣雞胸肉，是道無比清爽的料理。

15～20分鐘（＋醃小黃瓜10分鐘）

- 全麥捲餅皮 1片
- 美生菜 4片
（手掌大小，或沙拉用生菜，60g）
- 小黃瓜 1根（200g）
- 市售雞胸肉 1塊
（或雞胸肉 1 塊，100g）
- 甜椒 1/2顆（或番茄，100g）
- 花生碎粒 1大匙（或其他堅果類，10g）

涼拌小黃瓜調味

- 碎芝麻 2大匙
- 蒜泥 1大匙
- 醋 2大匙
- 阿洛酮糖 1大匙（或寡糖）
- 鹽巴 1小匙

香辣花生醬

- 無添加花生醬 1大匙
- 釀造醬油 1大匙
- 阿洛酮糖 1/2大匙（或寡糖）
- 是拉差醬 1/2大匙
- 胡椒粉 少許

1 切除小黃瓜的頭尾，去掉表面的刺後放入塑膠袋，用棍子（研磨棒）敲打。
2 將小黃瓜切成好入口的大小，連同醃小黃瓜的食材放入小碗中攪拌均勻，冷藏10分鐘。
3 雞胸肉順著紋路撕成細絲狀；香辣花生醬的食材放入小碗中攪拌均勻。
4 雞胸肉放入香辣花生醬中攪拌均勻。
5 美生菜切成1cm寬的條狀；甜椒切成0.5cm寬的長條狀。
6 熱鍋後不倒油，直接放入全麥捲餅皮，轉小火兩面各煎30秒，切成4～6等分。美生菜與甜椒放入大碗中，再放上涼拌小黃瓜與雞胸肉後，搭配全麥捲餅皮享用。

Tip

如果想自己煮雞胸肉？

鍋裡放入雞胸肉與剛好淹過肉的水量，倒入1小匙米酒，煮滾後轉中火繼續煮12分鐘後放涼，順著紋路撕成細絲即可。

將越南春捲食材變成像沙拉一樣，拌在一起享用的沙拉碗。豬肉與加了魚露的醬料一起翻炒，增添異國風味，並搭配米製麵條中麵體最細的米粉，不僅味道與沙拉很搭，醬汁的吸收力也很好。再加上醃洋蔥的清脆口感與香辣滋味，還有花生萊姆醬更是兼具清爽與濃郁風味。

Tip
小黃瓜、甜椒、芹菜以及番茄可以換成其他等量的蔬菜。

便當 高蛋白 高纖

越南春捲沙拉碗
＋花生萊姆醬

455kcal

碳水化合物54.3% 蛋白質 30.5% 脂肪 15.2%

1 米粉浸泡冷水15分鐘。
鍋中倒入煮米粉的水，煮至沸騰。

2 豬前腿肉切成好入口的大小，連同豬肉調味的食材放入小碗中拌一拌。

3 小黃瓜與番茄切成0.5cm厚的片狀。

4 甜椒、胡蘿蔔切成0.5cm寬的長條；芹菜斜切成o.5cm寬片狀。
在步驟①的滾水中放入米粉煮30秒，放在濾網上過冷水後瀝乾。

5 熱鍋後倒食用油，放入步驟②的豬肉，轉中火煎3分鐘至表面金黃。
* 為了不讓醬料燒焦，要不斷翻面。

6 花生萊姆醬的食材放入小碗中攪拌均勻。
另外用大碗盛裝所有食材，撒上花生碎粒，搭配花生萊姆醬享用。

20～25分鐘

- 米粉 1/2把（或米線，25g）
- 沙拉用生菜 30g（或微型菜苗、美生菜）
- 豬前腿肉 100g（燒烤用，或豬里肌）
- 番茄 1/4顆（或小蕃茄 3 顆，50g）
- 小黃瓜 1/4根（50g）
- 甜椒 1/4顆（50g）
- 胡蘿蔔 1/8根（25g）
- 芹菜 10cm（20g）
  *小黃瓜、甜椒、胡蘿蔔以及芹菜可以換成等量的其他蔬菜
- 醃洋蔥 1/3杯（1/4顆的分量，50g）
  * 製作方法參考第31頁
- 食用油 1小匙
- 花生碎粒 1大匙（或其他堅果類）
- 香菜 少許（可以省略）

豬肉調味

- 蒜泥 1大匙
- 味醂 1大匙
- 魚露 1大匙（或玉筋魚魚露）
- 釀造醬油 1大匙
- 辣椒粗片 1/2小匙（可以省略）
- 胡椒粉 少許

萊姆花生醬

- 無添加花生醬 1大匙
- 水 1大匙
- 釀造醬油 1大匙
- 萊姆汁 1大匙（或檸檬汁）
- 阿洛酮糖 1大匙（或寡糖）

Tip

如果想將米粉換成米紙？

因為是以越南春捲的食材製作，也很適合改用米紙包著吃。可以省略不放米粉，搭配用熱水泡過的米紙享用。

便當　作者推薦

漢堡沙拉碗
＋炒洋蔥千島醬

537 kcal

碳水化合物49.5%　蛋白質 24.3%　脂肪 28.2%

Tip
要放到醬汁裡的蒔蘿也可以撒在沙拉碗上，增添異國風味。

一道將漢堡改造成沙拉的新穎料理，同時也將漢堡的醬汁食材運用於沙拉碗中。除了以煎馬鈴薯代替薯條外，更將漢堡的醬汁變成沙拉醬，在醬汁中加入炒出香氣的洋蔥，為沙拉碗增添漢堡的風味。

25～30分鐘

- 美生菜 4片
  （手掌大小，或沙拉用生菜，50g）
- 馬鈴薯 1顆
  （或地瓜、水煮鷹嘴豆，200g）
- 火鍋牛肉片 100g
  （或燒烤牛肉片）
- 小黃瓜 1/4根（或甜椒，50g）
- 小蕃茄 5顆（75g）
- 墨西哥辣椒 10g
  （或酸黃瓜，可以省略）
- 黑橄欖 10g（可以省略）
- 橄欖油 1小匙＋1小匙＋1小匙
- 鹽巴 少許
- 黑胡椒粉 少許

炒洋蔥千島醬

- 洋蔥丁 1/2顆（100g）
- 搗碎的蒔蘿 1小匙（可以省略）
- 低脂美乃滋 1大匙
- 低卡番茄醬 1小匙
- 低糖芥末醬 1小匙
- 檸檬汁 1小匙
- 鹽巴 少許
- 黑胡椒 少許

1 美生菜切成好入口的大小；小黃瓜切成0.5cm厚的片狀；小蕃茄對半切。
2 去除馬鈴薯皮，切成大塊狀；黑橄欖切成2～3等分。
3 用廚房紙巾按壓吸乾牛肉的血水，切成好入口的大小。
4 熱鍋後倒1小匙橄欖油，放入洋蔥丁，轉中火翻炒3分鐘至表面金黃後放涼。
5 步驟④的炒洋蔥與其他炒洋蔥千島醬的食材放入小碗中，攪拌均勻。
6 擦拭鍋子後再次熱鍋，倒1小匙橄欖油，放入馬鈴薯後轉中小火煎2分鐘，再轉中火繼續煎2分鐘至表面金黃，撒上鹽巴與黑胡椒粉。
7 擦拭鍋子後再次熱鍋，倒1小匙橄欖油，放入牛肉，撒上鹽巴與黑胡椒粉，轉中火煎2分鐘至表面酥脆。
用大碗盛裝所有食材，搭配醬汁享用。

Tip

如果想用其它食材取代馬鈴薯呢？

除了煎馬鈴薯以外，也可以搭配煎地瓜享用。另外，如果換成煎全麥捲餅皮，更能嚐到別具一格的滋味。

炒牛肉佐甜椒沙拉碗
＋生菜包肉醬

便當　低碳水

535 kcal

碳水化合物42.2%　蛋白質 27.5%　脂肪 30.4%

是一道韓式沙拉碗。除了有熟悉的炒牛肉，還放入滿滿炒牛肉的靈魂伴侶——包肉用生菜，以及能夠提升飽足感的水煮藜麥，並以甜椒作為配料，增添口感與色彩。最後再搭配加入生菜包肉醬、充滿香醇滋味的醬汁享用。

Tip
如果混合黃色、橘色以及紅色的甜椒，就能做出色彩繽紛的沙拉碗。

20～25分鐘

- 藜麥 1/4杯（30g，水煮後約75g）
- 包肉用生菜 50g（或沙拉用生菜、微型菜苗）
- 火鍋牛肉片 100g（或燒烤牛肉片）
- 甜椒 1/4顆（或小黃瓜，50g）
- 食用油 1小匙

牛肉調味

- 釀造醬油 1大匙
- 味醂 1大匙
- 蔥花 1小匙
- 芝麻油 1小匙
- 胡椒粉 少許

生菜包肉醬

- 碎芝麻 1大匙
- 生菜包肉醬 1大匙
- 低脂美乃滋 1大匙
- 醋 1/2大匙
- 阿洛酮糖 1小匙（或寡糖）
- 胡椒粉 少許

1 鍋中放入藜麥與2杯水，開大火煮滾後轉小火繼續煮15分鐘，用濾網瀝乾水分。
2 用廚房紙巾按壓吸乾牛肉的血水，切成好入口的大小。
3 牛肉與牛肉調味的食材放入小碗中攪拌均勻。
4 包肉用生菜切成好入口的大小；甜椒切成1cmX1cm的塊狀。
5 熱鍋後倒入食用油，放入步驟③的牛肉，轉中火翻炒2分鐘後盛盤。
6 生菜包肉醬的食材放入小碗中攪拌均勻。
另外用大碗盛裝所有食材，搭配生菜包肉醬享用。

Tip

如果想親手製作生菜包肉醬？

除了市售的生菜包肉醬，也可以利用辣椒醬與大醬製作生菜包肉醬。辣椒醬1/2大匙、大醬1小匙（可以根據鹹度調整用量）、阿洛酮糖1小匙（或寡糖）、蒜泥1小匙以及芝麻油1小匙加在一起後攪拌均勻即完成。

Tip
切水果與蔬菜時流出來的汁液，就是沙拉碗中的醬汁。

高蛋白 高纖

鳳梨莎莎醬煎鮭魚沙拉碗

482 kcal

碳水化合物47.9%　蛋白質 29.8%　脂肪 22.3%

味道清淡的煎鮭魚搭配球芽甘藍，是有著充分飽足感的沙拉碗。
由於鮭魚料理很容易有腥味或者肉質乾硬，加入清爽的鳳梨莎莎醬，便能確保鮭魚的美味。鳳梨莎莎醬扮演沙拉碗醬汁的角色，味道與其他蔬菜也很搭。

食譜請參閱第110頁

鳳梨莎莎醬煎鮭魚沙拉碗

20～25分鐘

- 藜麥 1/4杯（30g，水煮後約75g）
- 沙拉用生菜 30g（或微型菜苗 1把）
- 鮭魚 1塊（乾煎用，或雞胸肉 1塊，100g）
- 球芽甘藍 4顆（或高麗菜 2片，50g）
- 橄欖油 1小匙＋1小匙
- 釀造醬油 1大匙
- 味醂 1大匙

鳳梨莎莎醬

- 鳳梨片 50g（或芒果、李子）
- 小黃瓜 1/4根（50g）
- 甜椒 1/4顆（50g）
- 紫洋蔥丁 2大匙（或洋蔥丁）
- 白巴薩米克醋 1大匙
- 橄欖油 1/2大匙
- 檸檬汁 1小匙
- 搗碎的義大利香芹 少許（可以省略）
- 鹽巴 少許
- 黑胡椒粉 少許

1 鍋中放入藜麥與2杯水，開大火煮滾後轉小火繼續煮15分鐘，用濾網瀝乾水分。
2 球芽甘藍對半切。
3 甜椒、小黃瓜以及鳳梨片都切成1cm大小的塊狀。
4 鳳梨莎莎醬的食材放入小碗中攪拌均勻。
5 熱鍋後倒入1小匙橄欖油，再放入鮭魚，轉中火煎3分鐘。
6 在鍋子的另一邊倒1小匙橄欖油，放入球芽甘藍。
7 鮭魚與球芽甘藍都煎2分鐘至表面金黃，過程中要不斷翻面。
倒入釀造醬油與味醂增添香氣，繼續煎1分鐘。
另外用大碗盛裝所有食材，搭配鳳梨莎莎醬享用。

Tip

如果想用其他蛋白質食材取代鮭魚？

鮭魚可以換成煎雞胸肉（或雞腿肉）以及煎蝦。熱鍋後倒1小匙橄欖油，放入雞肉或生蝦，兩面各煎2分鐘即可享用。

青花菜蝦沙拉碗
＋檸檬阿根廷青醬

便當　低碳水　高蛋白　高纖

499 kcal

碳水化合物40.4%　蛋白質 33.3%　脂肪 26.3%

清脆青花菜配上Q彈蝦子，是能夠享受到多樣口感的沙拉碗。在煎蝦與青花菜上放披薩乳酪絲一起乾煎，還能增添如鍋巴般的酥脆風味；搭配塔塔醬與檸檬阿根廷青醬，更能享受到豐富的滋味。最後再配上烤麵包，製作成開放式三明治，便能吃得更加飽足。

食譜請參閱第114頁

青花菜蝦沙拉碗

25～30分鐘

- 雜糧麵包 1塊（或雜糧吐司）
- 沙拉用生菜 30g
- 青花菜 1/3顆（或其他乾煎用蔬菜，100g）
- 冷凍大生蝦 5～6隻（75g）
- 雞蛋 1顆
- 橄欖油 1小匙
- 鹽巴 少許
- 披薩乳酪絲 2大匙（或帕達諾乾酪粉）
- 黑胡椒粉 少許

塔塔醬

- 洋蔥丁 1大匙
- 墨西哥辣椒丁 1大匙
- 檸檬汁 1大匙
- 低脂美乃滋 1大匙
- 鹽巴 少許
- 黑胡椒粉 少許

檸檬阿根廷青醬

- 搗碎的義大利香芹 1大匙（或各種料理香草）
- 檸檬汁 1大匙
- 白巴薩米克醋 1大匙
- 橄欖油 1/2大匙
- 蒜泥 1小匙
- 鹽巴 1/3小匙
- 黑胡椒 少許

1. 雞蛋放入鍋中，倒入可剛好淹過雞蛋的水量，開大火煮至沸騰，轉中火繼續煮12分鐘後放涼。
2. 冷凍生蝦浸泡冷水解凍10分鐘後瀝乾水分，在蝦背稍微劃刀。
3. 青花菜切成好入口的大小。
4. 水煮蛋剝殼後，放到小碗裡用叉子或搗碎器搗碎。
5. 塔塔醬的食材放入步驟④的碗中攪拌均勻。
6. 熱鍋後放入雜糧麵包，轉中小火兩面各煎1分30秒後盛盤。
7. 擦拭鍋子後再次熱鍋，倒橄欖油，放生蝦煎1分鐘。
8. 步驟⑦的鍋中放入青花菜，撒上鹽巴，不停翻面煎2分鐘後，再繼續煎2分鐘。
9. 步驟⑧的鍋中撒上披薩乳酪絲與黑胡椒粉，蓋上鍋蓋悶30秒。
10. 檸檬阿根廷青醬的食材放入小碗中攪拌均勻。另外用大碗盛裝沙拉用生菜，再放上其他食材後，搭配雞蛋塔塔醬、檸檬阿根廷青醬以及麵包享用。

Tip

如果想用冰箱剩下的蔬菜取代青花菜？

可以換成栗子南瓜、甜椒、茄子以及杏鮑菇等各種冰箱裡常備的食材。

如果覺得阿根廷青醬很陌生？

阿根廷青醬（Chimichurri）是以料理香草為主要食材製成的阿根廷式醬料，常用來搭配牛排、沙拉以及當作沾醬使用。另外，義大利香芹也可以用羅勒或蒔蘿等其他料理香草代替。

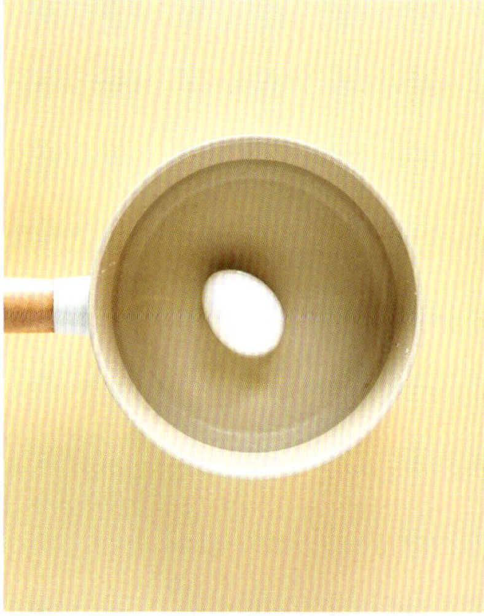
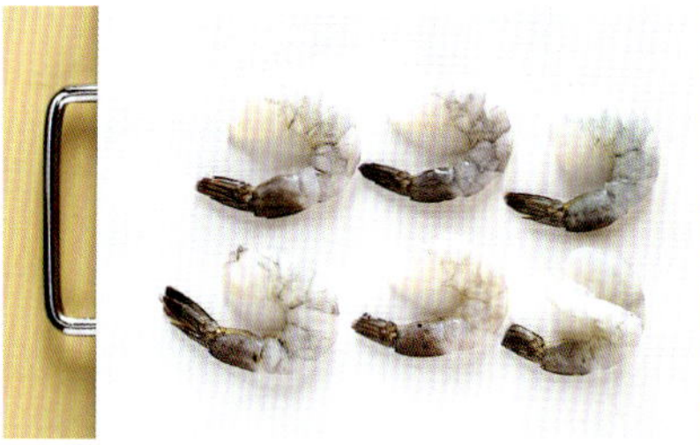
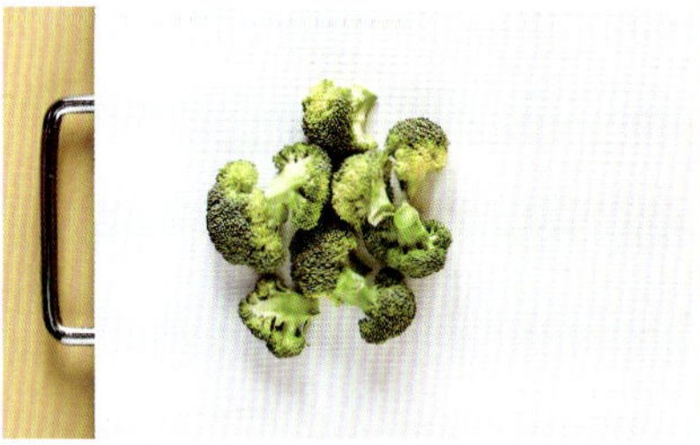
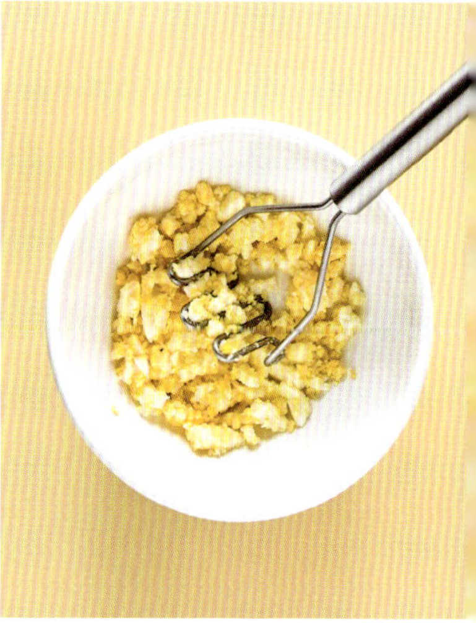
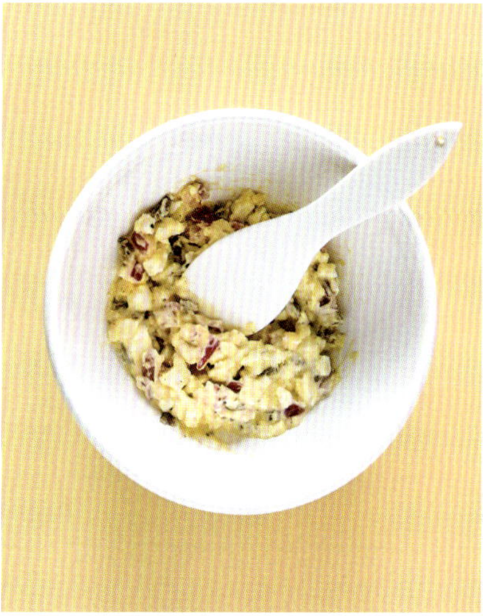
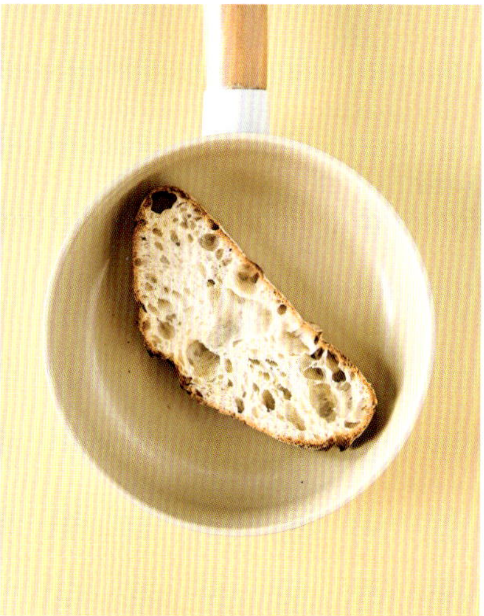
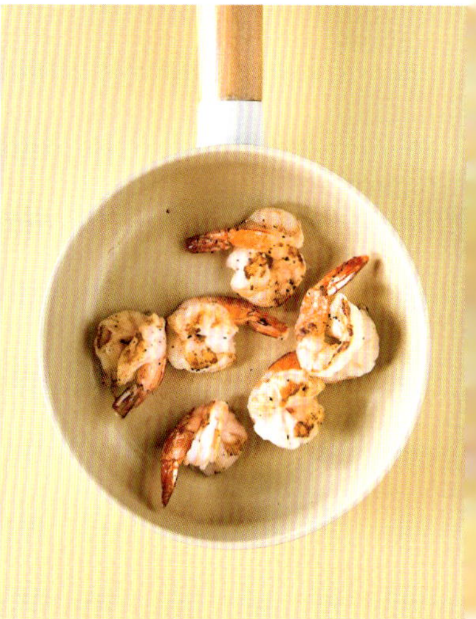
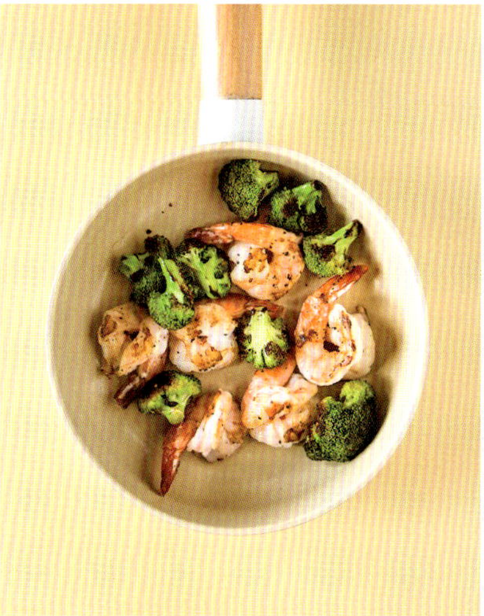
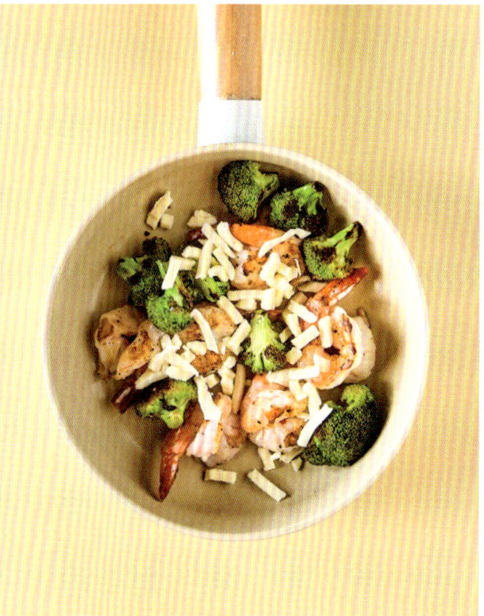
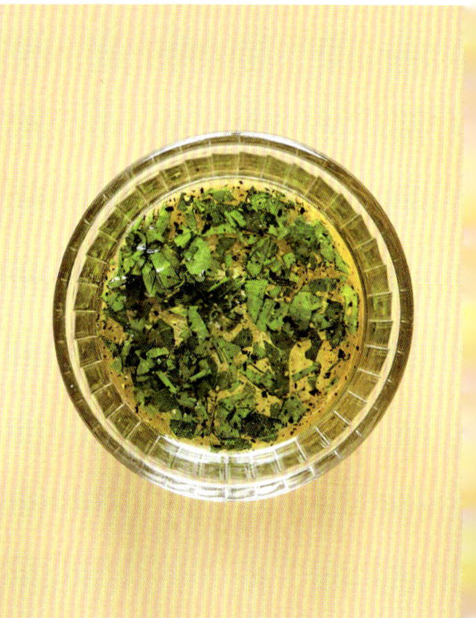

超簡單　便當

酪梨蟹肉沙拉碗
＋萊姆優格醬

453 kcal

碳水化合物57.3%　蛋白質 17.7%　脂肪 25%

是以酪梨與蟹肉棒為主角的沙拉碗。
加上清脆芹菜與葡萄柚，更能增添清爽滋味。放入萊姆皮的萊姆優格醬則略帶點苦味，卻又十分爽口，能讓沙拉碗的食材風味變得更和諧。

Tip
放入萊姆皮可以為醬汁帶來清爽卻又微苦的滋味。

15～20分鐘

- 全麥捲餅皮 1片
- 微型菜苗 2把
  （或沙拉用生菜，40g）
  葡萄柚 1/2 顆
  （或橘子，225g）
- 酪梨 1/2顆（100g）
- 芹菜 10cm（或小黃瓜 1/4根，20g）
- 蟹肉棒 4個
  （或生蝦 5 隻，80g）

萊姆優格醬

- 紫洋蔥丁 2大匙（或洋蔥丁）
- 萊姆汁 2大匙（或檸檬汁 1大匙）
- 萊姆皮 少許（可以省略）
- 希臘優格 2大匙
- 低脂美乃滋 1大匙
- 阿洛酮糖 1/2大匙（或寡糖）
- 鹽巴 1/3小匙
- 黑胡椒粉 少許

1 芹菜斜切成0.5cm寬的片狀；蟹肉棒順著紋路撕成細絲。
2 處理好酪梨與葡萄柚後，切成好入口的大小。
3 萊姆優格醬的食材放入小碗中攪拌均勻。
4 另外用小碗盛裝蟹肉棒與芹菜，放入1大匙萊姆優格醬拌一拌。
5 熱鍋後不倒油，放入全麥捲餅皮，轉小火兩面各煎30秒後切成4～6等分。
另外用大碗盛裝微型菜苗，再放入其他食材，搭配萊姆優格醬與全麥捲餅皮享用。

Tip

如果是第一次處理酪梨？

用刀子深切酪梨至碰到籽，將酪梨順著刀子轉一圈，沿著切痕扳成兩半，再將刀子插入酪梨籽中旋轉去籽。可以用手剝掉酪梨皮，或者將湯匙沿著皮與果肉插至深處，挖出果肉即可。*可以參考第49頁的步驟圖。

便當 高纖

巴薩米克香腸沙拉碗

405 kcal

碳水化合物49.4% 蛋白質 25.9% 脂肪 24.6%

將雞胸肉香腸與各種蔬菜拌上巴薩米克醬一起翻炒，是一道十分可口的沙拉碗。搭配水分較高的番茄一起享用，就算沒有額外製作醬汁也不會覺得乾。如果再加上煎過的雜糧麵包，就能嚐到宛如普切塔*一般的風味。

譯注：義大利家常前菜，在烤過的麵包上放大蒜、橄欖油和鹽，有時會加上番茄和蔬菜。

20～25分鐘

- 雜糧麵包 1片（50g）
- 沙拉用生菜 50g
- 雞胸肉香腸 1條
  （或市售雞胸肉 1/2 塊，50g）
- 洋蔥 1/4顆（50g）
- 迷你杏鮑菇 8朵
  （或其他菇類，80g）
- 茄子 1/2根（或櫛瓜，75g）
- 番茄（小） 1顆
  （或小番茄 7 顆，100g）
- 橄欖油 1大匙
- 鹽巴 少許
- 黑胡椒 少許
- 帕達諾乾酪粉 1大匙

巴薩米克醬

- 巴薩米克醋 2大匙
- 釀造醬油 1大匙
- 蒜泥 1小匙
- 蜂蜜 1/2小匙
  （或阿洛酮糖、寡糖 1 小匙）

1 雞胸肉香腸以0.5cm為間距劃刀，切成五等分。

2 茄子對切成兩長條，再切成1cm厚的片狀；迷你杏鮑菇對半切。

3 洋蔥切成細絲；番茄切成8等分。
巴薩米克醬的食材放入小碗中攪拌均勻。

4 熱鍋後放雜糧麵包，轉中小火兩面各煎1分30秒後盛盤。

5 擦拭鍋子後再次熱鍋，倒橄欖油，放入洋蔥後轉中火翻炒30秒，再放入茄子與迷你杏鮑菇繼續翻炒1分鐘。

6 放入雞胸肉香腸，撒上鹽巴後翻炒1分鐘，再倒入巴薩米克醬繼續翻炒1分鐘後關火，撒上黑胡椒粉。
用大碗盛裝所有食材，撒上帕達諾乾酪粉，搭配煎好的雜糧麵包享用。

將人氣小吃「香腸年糕串*」製作成沙拉形式，充滿嚼勁的年糕與香氣逼人的香腸，再加上蒸地瓜增加飽足感。本食譜沒有使用原先香腸年糕串會搭配的辣椒醬，而是換成放了辣椒粗片的香辣乾烹醬，增添新意。

譯注：香腸年糕串是韓國常見的小吃，將香腸與年糕交錯串在竹籤上煎烤或油炸後，塗上以番茄醬、辣椒醬、醬油、糖以及蒜泥為基底的醬料享用。

超簡單 便當 高纖

香腸年糕沙拉碗
＋乾烹醬

436 kcal

碳水化合物58.5% 蛋白質 23.4% 脂肪 18.1%

15～20分鐘

- 艾草糙米年糕條 10cm
  （或湯用年糕片，50g）
- 微型菜苗 2把
- （或沙拉用生菜，40g）
- 蒸地瓜（小） 1顆
  （或栗子南瓜，100g）
- 雞胸肉香腸 1條
  （或其他香腸，50g）
- 甜椒 1/4顆（或番茄，50g）
- 芝麻油 1/2大匙（或紫蘇油）
- 鹽巴 少許
- 花生碎粒 1大匙（或其他堅果類）

乾烹醬

- 醋 1大匙
- 釀造醬油 1大匙
- 阿洛酮糖 2小匙（或寡糖）
- 辣椒粗片 1/2小匙
  （可根據喜好調整用料，或省略）
- 胡椒粉 少許

1 雞胸肉香腸與艾草糙米年糕條切成1cm厚的片狀。

2 甜椒切成0.5cm寬的長條狀；蒸地瓜切成1.5cm大小的塊狀。

3 熱鍋後倒芝麻油，放入雞胸肉香腸與艾草糙米年糕條，撒上鹽巴，轉中小火煎3分鐘至表面金黃，過程中要不斷翻面。

* 艾草糙米年糕條可以換成湯用年糕片，也可以放到預熱好的氣炸鍋中，以160°C氣炸5分鐘。

4 乾烹醬的食材放入小碗中攪拌均勻。
另外用大碗盛裝微型菜苗與甜椒，再放入其他食材，搭配乾烹醬享用。

chapter 3 優格碗

YOGURT

本書的優格碗皆以蛋白質含量相對較高的希臘優格為基底。
如果各位一直以來都是搭配蜂蜜、水果以及穀物脆片享用優格，現在將可以吃得更為多樣，也能更有飽足感。
在優格中加入橄欖油、黑胡椒以及檸檬汁，再放入滋味鮮甜的各種蔬菜、雞蛋以及香腸等，不僅味道很搭，分量也足以成為一餐。另外，如果與冷凍水果一起絞碎，便能嚐到水果的酸甜滋味，變成風味更加特別的優格碗。

超簡單 便當 素食友善 作者推薦

香蕉布丁優格碗

464 kcal

碳水化合物 58.7% 蛋白質 16.3% 脂肪 23%

重新詮釋香氣濃厚的香蕉布丁，製作成優格碗食譜。在優格中加入搗碎的香蕉與水煮鷹嘴豆攪拌均勻，再搭配酥脆的全穀物脆片，以及火麻仁、略帶苦味的可可碎粒與香醇花生醬等配料，能享受到更加多樣的滋味與口感。

Tip
略帶苦味的可可碎粒，味道與甜甜的香蕉很搭。

10～15分鐘

- 希臘優格 1杯（100g）
- 香蕉 1根
  （或草莓 5 顆、藍莓 1 盒，100g）
- 水煮鷹嘴豆 2大匙
  （或蒸栗子南瓜、蒸地瓜，20g）
  * 製作方法參考第31頁
- 全穀物脆片 1/2杯
  （或燕麥片，20g）
- 鹽巴 少許
- 香草精 少許（可以省略）

配料

- 無添加花生醬 1大匙
  （或花生碎粒、其他果醬）
- 火麻仁 1大匙
  （或其他堅果類 1 大匙）
- 可可碎粒 1大匙
  （或搗碎的黑巧克力 1 塊）

1 香蕉放入小碗中，用叉子或搗碎器搗碎。
  * 香蕉與鷹嘴豆可以保留部分不搗碎，用來當作配料。
2 步驟①的碗中放入配料以外的食材後輕拌。
3 另外用大碗盛裝步驟②的食材，再放入配料。

Tip

如果想換成其他食材，吃得更多樣？

可以將鷹嘴豆換成栗子南瓜或地瓜。由於兩者都是分量較大的食材，就算省略不放全穀物脆片，飽足感也不會減少。

如果想增加蛋白質？

可以在步驟①中加入1大匙乳清蛋白粉。乳清蛋白粉有多種口味，推薦使用香草、可可以及穀物風味會比較搭。由於優格會變得較為濃稠，可以加一些牛奶、豆漿或杏仁奶調整濃度，或改成使用1杯一般優格（80g）。

超簡單 便當 高纖

胡蘿蔔蘋果優格碗

402 kcal

碳水化合物 52.5% 蛋白質 20% 脂肪 27.5%

不管是味道還是香氣，都像在享用胡蘿蔔蛋糕的優格碗。放入滿滿刨成細絲的胡蘿蔔與清爽蘋果，再加上奶油乳酪與肉桂粉增添風味。最後撒上兼具香氣與口感的開心果，享受健康的一餐。

Tip
楓糖漿的味道與奶油乳酪很搭，更可以當作甜點享用。

10～15分鐘

- 希臘優格 1杯（100g）
- 蘋果 1/2顆（或香蕉 1根，100g）
- 胡蘿蔔 1/4根（50g）
- 奶油乳酪 1大匙
- 楓糖漿 1大匙（或蜂蜜、阿洛酮糖）
- 核桃碎粒 1大匙（或其他堅果類）
- 香草精 少許（可以省略）
- 肉桂粉 1/2小匙（可以省略，或根據喜好調整用量）

配料

- 開心果碎粒 2大匙（或其他堅果類）

1 胡蘿蔔用刨絲器刨成細絲。
 ⋆ 沒有刨絲器的話，也可以用刀子切成細絲。

2 蘋果切成1cm大小的塊狀。

3 奶油乳酪、楓糖漿以及核桃碎粒放入小碗中攪拌均勻，再放入配料以外的所有食材拌一拌。
 ⋆ 蘋果可以保留部分用來當作配料。

4 另外用大碗盛裝配料以外的食材，撒上開心果碎粒。

Tip

如果想增加蛋白質？

可以在步驟③中加入1大匙乳清蛋白粉。乳清蛋白粉有多種口味，推薦使用香草與可可風味會比較搭。由於優格會變得較為濃稠，可以加一些牛奶、豆漿或杏仁奶調整濃度，或改用1杯一般優格（80g）。

便當 素食友善 高纖 作者推薦

栗子南瓜黑豆優格碗

398 kcal

碳水化合物 56.5% 蛋白質 23.5% 脂肪 20%

栗子南瓜配上蘋果，不管在味道還是營養層面都是絕佳組合。搭配希臘優格一起享用，吃起來輕盈卻又飽足，再加上滿滿的清香黑豆粉與爆穀物作為配料，享受有著香醇滋味的一餐吧。

15～20分鐘

- 希臘優格 1杯（100g）
- 栗子南瓜 1/8顆
  （或地瓜 1/2 顆，100g）
- 蘋果 1/2顆
  （或草莓 5 顆、藍莓 1/2 杯以及香蕉 1 根，100g）
- 蜂蜜 1/2大匙
  （或楓糖漿、阿洛酮糖）

配料

- 黑豆粉 1大匙
  （或其他穀物粉）
- 爆穀物 1/2杯（或穀物脆片，10g）
- 堅果碎粒 3大匙
  （杏仁、南瓜仁以及葵瓜子等）

1 去除栗子南瓜的籽，連同外皮切成1.5cm大小的塊狀。

2 放入耐熱容器中，蓋上蓋子放入微波爐加熱2～3分鐘後放涼。

* 加熱時間需依照栗子南瓜的種類與大小調整。

3 蘋果切成0.5cm厚的片狀。

4 用大碗盛裝所有食材，放入配料。

Tip

如果想增加蛋白質？

可以在步驟④中加入1大匙乳清蛋白粉。乳清蛋白粉有多種口味，推薦使用香草與穀物風味會比較搭。由於優格會變得較為濃稠，可以加一些牛奶、豆漿或杏仁奶調整濃度，或改用1杯一般優格（80g）。

在希臘優格中加入清香的柚子蜜，能增添甜味與香氣；再加上煎得軟軟卻有嚼勁的年糕，味道與優格出乎意料地搭配。最後放上清爽的當季水果與堅果類，就能完成這道料理。挑選年糕時，可以選擇糙米或穀物製成的年糕，碳水化合物含量相對較低，且被人體消化與吸收的速度較慢，飽足感也會拉長。

Tip
柚子蜜可以換成蜂蜜、果糖或水果醬，味道也會很搭。

素食友善　高纖

煎年糕水果優格碗

448 kcal

碳水化合物 60%　蛋白質 17.8%　脂肪 22.2%

15～20分鐘

- 希臘優格 1杯（100g）
- 艾草糙米年糕條 10cm
  （或湯用年糕片，50g）
- 奇異果 1顆（80g）
- 草莓 3顆（60g）
  * 奇異果與草莓可換成等量的其他水果
- 柚子蜜 1大匙
  （或蜂蜜、果糖以及其他水果醬）
- 芝麻油 1小匙（或紫蘇油）
- 鹽巴 少許

配料

- 堅果碎粒 2大匙
  （核桃與南瓜仁等，20g）
- 可可碎粒 1大匙（可省略）

1 去除奇異果皮，切成1cm厚的片狀；草莓切成好入口的大小。
2 艾草糙米年糕條切成1cm厚的片狀。
3 熱鍋後倒芝麻油，放入步驟②的年糕後撒上鹽巴，轉中小火兩面各煎1分30秒至表面金黃。
4 用大碗盛裝希臘優格與柚子蜜後拌一拌。
5 步驟④的碗中放入水果與艾草糙米年糕，再放入配料一起享用。

Tip

如果想增加蛋白質？

可以在步驟④中加入1大匙乳清蛋白粉。乳清蛋白粉有多種口味，推薦使用穀物風味會比較搭。由於優格會變得較為濃稠，可以加一些牛奶、豆漿或杏仁奶調整濃度，或改成使用1杯一般優格（80g）。

超簡單 高纖 素食友善

奇亞籽布丁莓果優格碗

395 kcal

碳水化合物 57.8% 蛋白質 24.1% 脂肪 18.1%

將冷凍水果與希臘優格一起絞碎，做出更加濃稠卻又清爽的優格碗吧。把奇亞籽當作布丁放在果昔上，能增加膳食纖維的攝取，再搭配花生醬一起享用，除了營養滿分外，還能增添濃郁滋味。

15～20分鐘

- 希臘優格 1杯（100g）
- 冷凍草莓 5顆
  （或其他莓果，100g）
- 冷凍香蕉 1/2根
  （或酪梨 1/2 顆，50g）
- 冷凍藍莓 1/2杯
  （或蘋果 1/4 顆，50g）
- 奇亞籽布丁
- 奇亞籽 1大匙
- 杏仁奶 1/4杯
  （或牛奶、豆漿以及燕麥奶，50ml）

配料

- 可可碎粒 1大匙
  （或搗碎的黑巧克力 1 塊）
- 無添加花生醬 1大匙
  （或堅果醬）

1 奇亞籽與杏仁奶放入小碗中攪拌均勻，靜置5分鐘以上，等待奇亞籽膨脹後變成奇亞籽布丁。

2 希臘優格、冷凍草莓、冷凍香蕉以及冷凍藍莓放入食物調理機中均勻絞碎。

* 可以保留部分水果用來當作配料。

3 用大碗盛裝步驟①與②的食材，放入配料。

Tip

如果想要用新鮮水果取代冷凍水果？

相較於冷凍水果，新鮮水果的水分較多，製作成果昔時可能會不夠濃稠。如果不會介意，也可以直接換成新鮮水果；如果希望果昔能有需要用湯匙舀著吃的濃郁口感，還是建議將水果冷凍後再使用。

如果冷凍水果不容易絞碎？

可以倒入100～150ml的椰子水或杏仁奶一起絞碎。

如果想增加蛋白質？

可以在步驟②中加入1大匙乳清蛋白粉。乳清蛋白粉有多種口味，推薦使用香草與可可風味會比較搭。

超簡單 素食友善 高纖

羽衣甘藍芒果優格碗

443 kcal

碳水化合物 56.5% 蛋白質 20.7% 脂肪 22.8%

在優格中放入有著滿滿膳食纖維與維生素的羽衣甘藍，再加上芒果與香蕉一起絞碎，就會製作出有著異國風情的香甜滋味。最後放上酥脆又美味的椰子脆片與穀物脆片一起享用，味道也很搭。

10～15分鐘

- 希臘優格 1杯（100g）
- 羽衣甘藍 10片（或菠菜 1把，50g）
- 冷凍香蕉 1根（或草莓 5 顆、藍莓 1 杯，100g）
- 冷凍芒果 1/2顆（或草莓 5 顆、鳳梨片 100g）

配料

- 全穀物脆片 1/2杯（或早餐脆片，20g）
- 火麻仁 1大匙
- 杏仁片 1大匙
- 椰子脆片 1大匙

* 配料可換成其他堅果種子

1 羽衣甘藍切成好入口的大小。

2 希臘優格、冷凍香蕉、冷凍芒果以及羽衣甘藍放入食物調理機中絞碎。

3 用大碗盛裝步驟②的食材，再放入配料。

Tip

如果想要用新鮮水果取代冷凍水果？

相較於冷凍水果，新鮮水果的水分較多，製作成果昔時可能會不夠濃稠。如果不會介意，也可以直接換成新鮮水果；如果希望果昔能有需要用湯匙舀著吃的濃郁口感，還是建議將水果冷凍後再使用。

如果冷凍水果不容易絞碎？

可以倒入100～150ml的椰子水或杏仁奶一起絞碎。

如果想增加蛋白質？

可以在步驟②中加入1大匙乳清蛋白粉。乳清蛋白粉有多種口味，推薦使用香草與可可風味會比較搭。

超簡單 素食友善

紅茶葡萄柚優格碗

362 kcal

碳水化合物 54.1%　蛋白質 23%　脂肪 23%

將知名咖啡連鎖品牌的人氣飲品——蜜柚紅茶，改造成優格碗的食譜。酸甜又帶有一絲苦味的葡萄柚與紅茶粉和蜂蜜拌在一起，能創造出新鮮滋味，最後再搭配滿滿與紅茶葡萄柚很搭的配料一起享用吧。

10～15分鐘

- 希臘優格 1杯（100g）
- 紅茶葡萄柚
- 葡萄柚 1/2顆
  （或其他柑橘屬水果，225g）
- 紅茶粉 1/3小匙
  （分量約半個紅茶包，或水果冰茶粉，可以根據喜好調整用量，也可以省略）
- 蜂蜜 1大匙（或阿洛酮糖、柚子蜜）

配料

- 藍莓 1/3杯（或草莓 2顆，30g）
- 全穀物脆片 1/2杯
  （或早餐脆片，20g）
- 堅果碎粒 3大匙
  （杏仁、葵瓜子以及核桃等，30g）

1 葡萄柚切成1cm厚的片狀並去皮。
2 步驟①的葡萄柚切成好入口的大小。
3 葡萄柚、紅茶粉以及蜂蜜放入小碗中攪拌均勻，製作有紅茶香的葡萄柚。
4 用大碗盛裝希臘優格，再放上紅茶葡萄柚與配料。

Tip

如果想增加蛋白質？

可以在步驟④中加入1大匙乳清蛋白粉。乳清蛋白粉有多種口味，推薦使用香草與可可風味會比較搭。由於優格會變得較為濃稠，可以加一些牛奶、豆漿或杏仁奶調整濃度，或改成使用1杯一般優格（80g）。

煎馬鈴薯
希臘小黃瓜優格碗

高蛋白 高纖 作者推薦

524 kcal

碳水化合物 46.3% 蛋白質 31.5% 脂肪 22.2%

運用將優格與小黃瓜拌在一起的希臘小黃瓜優格醬，開發成可以當作正餐的優格碗食譜。再放入煎馬鈴薯、蔬菜以及蝦子，不僅用料豐盛，營養也滿分。另外，清脆的蔬菜搭配綿密馬鈴薯與Q彈蝦子，口感十分豐富，增添享用優格碗的樂趣。

食譜請參閱第 140頁

煎馬鈴薯希臘小黃瓜優格碗

20～25分鐘

- 馬鈴薯（小） 1顆
  （或水煮鷹嘴豆 1 杯，150g）
- 甜椒 1/2顆
  （或杏鮑菇 1 把，100g）
- 冷凍大生蝦 5隻（75g）
- 紫洋蔥 1/4顆（或洋蔥，50g）
- 橄欖油 1/2大匙
- 蒜泥 1/2大匙
- 鹽巴 少許
- 黑胡椒粉 少許

希臘小黃瓜優格醬

- 希臘優格 1杯（100g）
- 小黃瓜 1/2根（100g）
- 蒜泥 1小匙
- 檸檬汁 1小匙
- 阿洛酮糖 1小匙（或寡糖）
- 鹽巴 1/4小匙
- 黑胡椒粉 少許

配料

- 堅果碎粒 1大匙（10g）
- 白頭韭菜花 少許
  （或珠蔥花）
- 帕達諾乾酪粉 1大匙
- 橄欖油 1小匙

1 冷凍生蝦放入冷水中解凍10分鐘。
2 解凍的生蝦瀝乾水分後對半切。
3 馬鈴薯去皮，切成1.5cm大小的塊狀。
4 馬鈴薯放入耐熱容器中，蓋上蓋子放入微波爐加熱2分鐘。
5 甜椒與紫洋蔥切成1.5cmX1.5cm大小的塊狀；小黃瓜切成0.5cm大小的塊狀。
6 希臘小黃瓜優格醬的食材放入小碗中攪拌均勻。
7 熱鍋後倒橄欖油，放入蒜泥、甜椒與紫洋蔥，轉中火翻炒2分鐘。
8 步驟⑦的鍋中放入馬鈴薯與生蝦，撒上鹽巴，轉中大火翻炒2～3分鐘至表面金黃，撒上黑胡椒粉。
9 希臘小黃瓜優格鋪平於大碗中，放上步驟⑧的食材，再放入配料。

便當 素食友善 高纖

地瓜番茄優格碗

464 kcal

碳水化合物 59.8% 蛋白質 17.4% 脂肪 22.8%

在希臘優格中加入蒸地瓜、鷹嘴豆以及小番茄，製作出味道清爽又香甜的優格碗。小番茄先用楓糖漿醃過，番茄汁會滲透出來，可以當作配料放在地瓜上一起享用。

Tip

將地瓜搗碎，與醃小蕃茄和希臘優格拌在一起會更好吃。

10～15分鐘（＋蒸地瓜20分鐘）

- 希臘優格 1杯（100g）
- 地瓜（小） 1顆
  （或烤地瓜，100g）
- 小番茄 5顆
  （或甜椒 1/4 顆，75g）
- 水煮鷹嘴豆 2大匙
  （或水煮豌豆，20g）
  * 製作方法參考第31頁

小番茄醃漬醬料

- 楓糖漿 1大匙（或阿洛酮糖）
- 橄欖油 2小匙
- 搗碎的義大利香芹 少許
  （或搗碎的羅勒，可以省略）
- 鹽巴 少許

1 蒸鍋中倒入2杯水煮滾，直到出現充分的水蒸氣後，放入地瓜蒸20分鐘。
  * 蒸熟時間需依照地瓜的大小調整。

2 小番茄切成1cm大小的塊狀。

3 小番茄與醃漬醬料放入小碗中攪拌均勻。

4 蒸地瓜對半切成兩個長條。
  另外用大碗盛裝希臘優格，放上地瓜、醃漬小番茄與水煮鷹嘴豆。
  * 地瓜也可以切成好入口的大小。

Tip

如果想增加蛋白質？

可以在步驟④中加入1大匙乳清蛋白粉，先與希臘優格攪拌均勻。乳清蛋白粉有多種口味，推薦使用香草、可可以及穀物風味會比較搭。由於優格會變得較為濃稠，可以加一些牛奶、豆漿或杏仁奶調整濃度，或改成使用1杯一般優格（80g）。

鷹嘴豆菠菜優格碗

高纖

449 kcal

碳水化合物 47.8% 蛋白質 29.3% 脂肪 22.8%

印度人也很喜歡吃優格，而咖哩與優格的結合不僅充滿異國風情，味道更是出乎意料地搭。將鷹嘴豆與菠菜連同咖哩醬一起翻炒後放到優格上，再加一顆水波蛋，享受健康又豐盛的一餐吧。

15～20分鐘

- 希臘優格 1杯（100g）
- 水煮鷹嘴豆 1/2杯
  （或煎豆腐 1/3 塊，90g）
  ＊製作方法參考第31頁
- 菠菜 1把
  （或羽衣甘藍 10 片、高麗菜 2 片，50g）
- 雞蛋 1顆
- 洋蔥 1/4顆（50g）
- 橄欖油 1/2大匙
- 鹽巴 少許
- 黑胡椒粉 少許

醬汁

- 咖哩粉 1/2大匙
- 味醂 1大匙
- 釀造醬油 1大匙

優格調味

- 橄欖油 1/2大匙
- 蒜泥 1小匙
- 檸檬汁 1小匙
- 阿洛酮糖 1小匙（或寡醣）
- 鹽巴 1/4小匙
- 黑胡椒粉 少許

1. 雞蛋打入小碗中。在鍋中倒入3杯水＋1大匙醋＋1小匙鹽巴，開中火煮滾。等鍋邊的水都沸騰冒泡後轉小火，小心地倒入雞蛋，靜置2分鐘，等待雞蛋變成半熟後用濾網撈起來。
2. 菠菜切成2～3等分；洋蔥切成0.5cm寬的細絲。
3. 醬汁的食材放入小碗中攪拌均勻。
4. 另外用大碗盛裝希臘優格與優格調味的食材攪拌均勻。
5. 熱鍋後倒橄欖油，放入洋蔥，轉中火翻炒1分鐘，再放入水煮鷹嘴豆，撒上鹽巴後繼續翻炒1分鐘。
6. 倒入步驟③的醬汁，繼續翻炒1分鐘後關火，放入菠菜輕拌，再撒上黑胡椒粉。最後在步驟④的碗中放入炒鷹嘴豆與菠菜，搭配水波蛋享用。

Tip

如果想用豆腐取代鷹嘴豆？

除了水煮鷹嘴豆外，也可以搭配煎豆腐享用。去除水分的豆腐切成1.5cm大小的塊狀，代替步驟⑤中的鷹嘴豆放入鍋中，乾煎時間增加至2～3分鐘，煎至表面金黃，其他步驟皆相同。

如果覺得煮水波蛋很困難？

可改成半熟的荷包蛋或水煮蛋。

從土耳其蛋的優格搭配半熟蛋中獲得靈感，製作成優格碗食譜。翻炒出酸辣滋味的小番茄加上半熟蛋，只要與羅勒青醬拌在一起享用就行。如果再搭配烤麵包，不僅能增添飽足感，也能讓料理變得更豐富。

高纖 作者推薦

番茄羅勒雞蛋優格碗

518 kcal

碳水化合物 46.7%　蛋白質 29.5%　脂肪 23.8%

15～20分鐘

- 希臘優格 1杯（100g）
- 雜糧麵包 1片（50g）
- 雞蛋 2顆
- 小番茄 10顆
  （或小顆甜椒 1 顆，150g）
- 橄欖油 1/2大匙
- 蒜泥 1/2大匙
- 辣椒粗片 1/2小匙
  （可以省略，可以根據喜好調整用量）
- 鹽巴 少許
- 黑胡椒粉 少許

優格調味

- 蒜泥 1小匙
- 檸檬汁 1小匙
- 阿洛酮糖 1小匙（或寡糖）
- 鹽巴 1/4小匙
- 黑胡椒粉 少許

配料

- 羅勒青醬 1大匙（可以根據喜好調整用量）

1 雞蛋放入鍋中，倒入可剛好淹過雞蛋的水量，開大火煮滾後繼續煮5分鐘，再放至冷水中冷卻。
  * 可以根據喜好改成煮12分鐘至全熟。

2 煮好的雞蛋剝殼後對半切。

3 用大碗盛裝希臘優格與優格調味的食材，攪拌均勻後鋪平。

4 熱鍋後放雜糧麵包，轉中小火兩面各煎1分30秒後起鍋放涼。

5 擦拭鍋子後再次熱鍋，倒橄欖油，放入蒜泥後轉中小火爆香1分鐘，再放入小番茄與辣椒粗片後轉大火，稍微搗碎小番茄並翻炒1分鐘，最後撒上鹽巴與黑胡椒粉。

6 步驟③的碗中放入步驟⑤的食材與水煮蛋，搭配羅勒青醬與雜糧麵包一起享用。

Tip

如果想親手製作羅勒青醬？

可以試著親手製作羅勒青醬，享受更為新鮮的滋味。將搗碎的羅勒葉10g、核桃碎粒1大匙、橄欖油2大匙、帕達諾乾酪粉1大匙、鹽巴少許，以及黑胡椒粉少許等食材攪拌均勻，這樣大約為一到兩次的分量，可以根據喜好一口氣製作多一點保存起來。如果要製作分量較多的羅勒青醬，用食物調理機絞碎會更方便。

高蛋白 低碳水 作者推薦

高麗菜香腸優格碗

495 kcal

碳水化合物 40% 蛋白質 33% 脂肪 27%

希臘優格搭配雞胸肉香腸與栗子南瓜，是一道風味獨特、又很有飽足感的料理，清爽的優格與雞胸肉香腸更是出乎意料地搭配。再加上帶有酸味、很適合與香腸一起享用的法式高麗菜沙拉與香辣墨西哥辣椒，就能做出美味的優格碗。

15～20分鐘

- 希臘優格 1杯（100g）
- 雞胸肉香腸 2條
  （或市售雞胸肉 1 塊，100g）
- 栗子南瓜 1/8顆（或馬鈴薯 1/2顆，100g）
- 橄欖油 1/2大匙
- 鹽巴 少許
- 黑胡椒粉 少許

優格調味

- 蒜泥 1小匙
- 檸檬汁 1小匙
- 阿洛酮糖 1小匙（或寡糖）
- 鹽巴 1/4小匙
- 黑胡椒粉

配料

- 法式高麗菜沙拉 約2/3杯
  （或法式胡蘿蔔沙拉，60g）
  ＊製作方法參考第31頁
- 墨西哥辣椒 2大匙
  （或醃黃瓜，可以省略，20g）
- 芥末籽醬 1小匙（可省略）

1 去除栗子南瓜的籽，連同外皮切成1cm厚的片狀。

2 雞胸肉香腸以0.5cm的間距斜劃刀痕。
  ＊雞胸肉香腸也可以切成好入口的大小。

3 用大碗盛裝希臘優格與優格調味的食材攪拌均勻。

4 熱鍋後倒橄欖油，放栗子南瓜與雞胸肉香腸，撒鹽巴，轉中火煎3～4分鐘至表面金黃，過程中要不斷翻面，最後撒上黑胡椒粉。

5 步驟③的碗放入步驟④的煎栗子地瓜與雞胸肉香腸，再放入配料一起享用。

Tip

如果想用雞胸肉取代香腸？

可以改成市售的雞胸肉，放入微波爐加熱或用鍋子乾煎，切成好入口的大小搭配享用。另外，栗子南瓜也可以換成煎馬鈴薯。

chapter 4 濃湯碗

SOUP

一般常料理的湯品，向來是湯的比例較高，而濃湯碗則放入滿滿的食材，提高配料的比例，也能增加飽足感。除了鷹嘴豆、義大利麵以及燕麥片等以碳水化合物為主的食材外，也放入豐富的雞蛋、豆腐以及雞肉等蛋白質食材。從吃起來味道較為熟悉的韓式濃湯碗，到加入牛奶或豆漿、口感變得濃郁的濃湯碗，本章收錄了多樣的菜色。試著吃下熱騰騰的濃湯碗，讓身體變得暖洋洋，同時也增進營養的均衡吧。濃湯碗還可以一口氣多做一點，保存起來放著慢慢吃。將濃湯碗分裝成一餐的分量冷凍保存，吃之前先拿出來常溫解凍，再重新煮滾就行。

青花菜馬鈴薯濃湯碗

高纖

469 kcal

碳水化合物 48.9%　蛋白質 25%　脂肪 26.1%

放入馬鈴薯與青花菜，是能夠吃得很有飽足感的奶香濃湯碗。食材也都切成大塊狀，增添咀嚼的樂趣；更放入起司與核桃碎粒，提高健康脂肪的攝取。

20～25分鐘

- 馬鈴薯（小） 1/2顆
  （或栗子南瓜、地瓜，100g）
- 青花菜 1/3顆（或胡蘿蔔，
  100g）
- 洋蔥 1/4顆（50g）
- 蔥花 2大匙（或蒜泥）
- 無鹽奶油 1大匙（或橄欖油，
  10g）
- 牛奶 1又1/2杯
  （或豆漿、杏仁奶以及燕麥奶，
  300ml）
- 鹽巴 1/3小匙
- 起司片 1片
  （或披薩乳酪絲 2 大匙）
- 黑胡椒粉 少許
- 核桃碎粒 1大匙
  （或火麻仁、其他堅果類）

1 馬鈴薯去皮，切成2cm大小的塊狀，放入耐熱容器中，蓋上蓋子放入微波爐加熱3分鐘，用叉子或搗碎器搗碎。
2 牛奶倒入步驟①的容器中攪拌均勻。
3 青花菜與洋蔥切成塊狀。
4 湯鍋預熱後放奶油、洋蔥以及蔥花，轉中火翻炒2分鐘，再放入青花菜，撒上鹽巴後繼續翻炒2分鐘。
5 步驟④的鍋中放入步驟②的馬鈴薯與牛奶，攪拌均勻。
6 等鍋邊的湯也都沸騰冒泡後，轉小火繼續煮2分鐘，接著放入起司片煮1分鐘，讓起司融化。
最後盛裝到碗裡，撒上黑胡椒粉與核桃碎粒。

Tip

如果想增加蛋白質？

可以將牛奶換成等量的豆漿，提高蛋白質含量。另外，為了增添口感與飽足感，也可以選擇多加20g的鷹嘴豆。

運用日本札幌的人氣美食湯咖哩，製作成健康的濃湯碗。醬汁較稀的咖哩配上各種乾煎蔬菜，就能飽餐一頓。另外，洋蔥經充分翻炒後散發出的甜味與香氣，是這道濃湯碗的精華。

高纖 作者推薦

乾煎蔬菜咖哩濃湯碗

503 kcal

碳水化合物 57.1% 蛋白質 17.3% 脂肪 25.5%

20～25分鐘

- 水煮鷹嘴豆 1/3杯（或糙米飯，60g）
  * 製作方法參考第31頁
- 乾煎用蔬菜 200g
  （小番茄、青花筍、洋蔥、獅子唐辛子、栗子南瓜以及甜椒等）
- 洋蔥 1/2顆（100g）
- 雞蛋 1顆
- 無鹽奶油 1大匙（或橄欖油）
- 咖哩粉 3大匙
- 水 1又1/2杯（300ml）
- 橄欖油 1/2大匙
- 鹽巴 少許
- 黑胡椒粉 少許

1 雞蛋放入鍋中，倒入可剛好淹過雞蛋的水量，開大火煮滾後繼續煮5分鐘，再放至冷水中冷卻。
  * 可以根據喜好改成煮12分鐘至全熟。
2 煮好的雞蛋剝殼後對半切。
3 洋蔥切成細絲；乾煎用蔬菜則切成好入口的大塊狀。
4 湯鍋預熱後放無鹽奶油與洋蔥，轉中小火翻炒3分鐘至洋蔥變成透明褐色。
5 步驟④的鍋中放入水煮鷹嘴豆繼續翻炒1分鐘，再倒入水與咖哩粉，轉中火攪拌2分鐘後關火。
6 平底鍋預熱後倒橄欖油，放入乾煎用蔬菜，撒上鹽巴，轉中大火煎2～3分鐘至表面金黃，撒上黑胡椒粉。
  另外用大碗盛裝步驟⑤的食材，再放上乾煎蔬菜與水煮蛋。
  * 蔬菜的乾煎時間應依據種類調整。

Tip

如果想運用更多種食材？

乾煎用蔬菜也可以自由使用冰箱裡剩下的食材。只要更換蔬菜的種類，就能打造出不一樣的風味。另外，水煮蛋也可以換成1條烤香腸（50g），鷹嘴豆則可以用豆腐麵以及蒟蒻麵替代，製作出像咖哩烏龍麵一樣的風味。

高蛋白 低碳水 高纖

炒菇燕麥濃湯碗

487 kcal

碳水化合物 41.2%　蛋白質 34%　脂肪 24.7%

將豆漿與燕麥片煮滾後，放入起司增添濃稠感，再搭配炒得嚼勁十足的菇類，兼具口感與美味。放上一顆半熟蛋，戳破蛋黃後將蛋汁拌著一起享用，會嚐到更加濃郁的滋味。

15～20分鐘

- 燕麥片 約1/3杯
  （或全麥義大利短麵，30g）
- 無糖豆漿 1杯
  （或牛奶，200ml）
- 起司片 1片
- 帕達諾乾酪粉 1大匙

烤菇配料

- 鴻喜菇 1把（50g）
- 蘑菇 5顆（100g）
  * 鴻喜菇與蘑菇可以換成等量的其他菇類
- 洋蔥 1/4顆（50g）
- 雞蛋 1顆
- 橄欖油 1小匙
- 鹽巴 1/4小匙
- 黑胡椒粉 少許

1 切除鴻喜菇與蘑菇底部，順著紋路撕開或切成0.5cm寬的條狀。
洋蔥切成細絲。

2 平底鍋預熱後倒橄欖油，放入洋蔥，轉中小火翻炒2分鐘。
放入鴻喜菇、蘑菇，撒鹽巴，轉中火翻炒2～3分鐘至表面金黃。

3 等鴻喜菇與蘑菇熟後，將它們聚集成一團，在中間壓出凹槽，
放入雞蛋，轉中小火等待雞蛋變成半熟，最後撒上黑胡椒粉。

4 燕麥片與豆漿放入湯鍋中，煮至沸騰後再繼續煮1分鐘。

5 步驟④的湯鍋中放入起司片，均勻攪拌1分鐘後用大碗盛裝，
再放入步驟③的菇類配料，撒上帕達諾乾酪粉。
* 使用微波爐則可以用較為簡單的方式完成這道料理。

食材放入耐熱容器中，蓋上蓋子放入微波爐加熱2分鐘後攪拌均勻即可。

Tip

如果想換成其他食材，吃得更多樣？

菇類可以換成其他適合乾煎的蔬菜，將等量的乾煎用蔬菜（甜椒、南瓜以及茄子等）煎熟後搭配著享用。

高纖

燕麥味噌濃湯碗

428 kcal

碳水化合物 47.1%　蛋白質 25.9%　脂肪 27.1%

邊想著熱騰騰的白菜大醬湯、邊完成的濃湯碗食譜，不需要額外添加高湯，將白菜與味噌一起翻炒，便能提升湯頭的深度。只要享用一碗，就能讓身心都變得暖呼呼的，是一道味道清淡、不會過於刺激的料理，很適合在早上或是身體不舒服時享用。

20～25分鐘

- 燕麥片 約1/3杯
  （或糙米鍋巴、糙米飯，30g）
- 豆腐 1/2塊（乾煎用，
  150g）
- 白菜 3片（或高麗菜，90g）
- 冰箱現有的蔬菜 100g
  （洋蔥、櫛瓜以及金針菇等）
- 芝麻油 1/2大匙
- 蒜泥 1大匙
- 味噌 1大匙（或韓式大醬
  2 小匙）
- 鮪魚露 1大匙（或湯醬油*）
- 水 2杯（400ml）
- 珠蔥花 1根的分量（或蔥）
- 碎芝麻 2大匙（可以根據喜
  好調整用量）

譯注：湯醬油是韓國的傳統醬油，不僅鹹度較高，也比較沒有甜味，適合使用在湯料理或涼拌野菜中。

1 白菜切成0.5cm寬的細絲，冰箱現有的蔬菜切成大塊狀。
2 湯鍋預熱後倒芝麻油，放入蒜泥，轉中小火爆香1分鐘，再放入冰箱現有的蔬菜繼續翻炒2分鐘。
3 步驟②的湯鍋中放入味噌，以中小火繼續翻炒1分鐘。
4 步驟③的湯鍋中放入白菜，翻炒2分鐘。
5 放入豆腐，用鍋鏟搗碎，繼續翻炒2分鐘。
6 放入燕麥片與水，轉中火煮滾後倒入鮪魚露，攪拌3分鐘。最後盛裝到碗裡，撒上蔥花與碎芝麻。

高纖 作者推薦

烤甘苔雞蛋濃湯碗

538 kcal

碳水化合物 54.4%　蛋白質 19.4%　脂肪 26.2%

運用具有抗氧化效果的烤甘苔製作濃湯碗，在高湯中放入香菇、雞蛋以及年糕片一起煮滾，打造出宛如年糕湯般的親切滋味。烤甘苔要在最後放入，才能夠嚐到甘苔的香氣。

食譜請參閱第162頁

烤甘苔雞蛋濃湯碗

15～20分鐘

- 糙米年糕條 10cm
  （或湯用年糕片、年糕條，50g）
- 雞蛋 2顆
- 洋蔥 1/4顆（50g）
- 香菇 2朵（或其他菇類、韓國櫛瓜，50g）
- 蔥 10cm
- 水 2又1/2杯（500ml）
- 高湯塊 1塊
- 鮪魚露 1小匙（或湯醬油）
- 調味烤甘苔 1包（或調味海苔 1包，4g）
- 芝麻油 1/2大匙（可以根據喜好調整用量）
- 胡椒粉 少許

1 糙米年糕條切成0.5cm厚的片狀。

2 切除掉香菇的底部後對半切，再切成0.5cm寬的條狀。
洋蔥切成0.5cm寬的細絲；蔥切成蔥花。

3 雞蛋打到小碗裡打散。

4 水與高湯塊放入湯鍋，開中火煮滾讓高湯塊融化，等鍋邊的水都沸騰冒泡，放入洋蔥與香菇繼續煮3分鐘。
* 過程中要將浮在表面的浮沫撈掉。

5 步驟④的湯鍋放入年糕，倒入鮪魚露。

6 等年糕煮熟浮上來後轉小火，將蛋液繞圈倒入。

7 放入蔥花，繼續煮1分鐘。

8 調味烤甘苔用手撕碎放入。
倒入芝麻油，撒上胡椒粉後關火。

Tip

如果想親自製作高湯取代高湯塊？

湯鍋中放入10隻鯷魚、2片5cmX5cm的昆布、3杯水（600ml）後，開大火煮滾後轉中小火繼續煮5分鐘，接著關火靜置5分鐘，用濾網分離高湯與食材後即可使用。
* 完成的高湯分量約為2又1/2杯，如果不夠就以水補足。

如果想使用一般的甘苔片？

調味烤甘苔有用鹽巴調味，如果想使用一般的甘苔片，可放入甘苔片後試味道，味道不夠再加點鮪魚露或鹽巴。

食譜請參閱第166頁

將紅醬義大利燉飯的米飯換成鍋巴，進而開發出一道濃湯碗食譜。不僅能夠迅速料理，步驟也很簡單，可以輕鬆跟著做。番茄炒香後加入雞胸肉增添飽足感，再配上一顆半熟蛋，試著弄破蛋黃後享用濃湯碗吧。

Tip

撒上韭菜花或珠蔥花能夠增添辣味，讓濃湯碗變得更加爽口。

作者推薦

番茄鍋巴濃湯碗

517 kcal

碳水化合物 50%　蛋白質 29.2%　脂肪 20.8%

番茄鍋巴濃湯碗

20～25分鐘

- 糙米鍋巴 40g（或全麥義大利短麵）
- 完熟番茄（小） 2顆（或小番茄，200g）
- 市售雞胸肉 1/2塊（或雞胸肉 1/2塊，50g）
- 冰箱現有的蔬菜 100g（洋蔥與胡蘿蔔等）
- 雞蛋 2顆
- 橄欖油 1/2大匙
- 蒜泥 1大匙
- 鹽巴 1/2小匙＋1/2小匙
- 水 1又1/2杯（300ml）
- 白頭韭菜花 少許（或韭菜、珠蔥，可以省略）
- 黑胡椒粉 少許

1 去除番茄的蒂頭，切成2cm大小的塊狀。
2 冰箱現有的蔬菜切成0.5cm大小的塊狀。
3 雞胸肉順著紋路撕成條狀。
4 湯鍋預熱後倒橄欖油，放入蒜泥與冰箱現有的蔬菜，轉中火翻炒3～5分鐘。
5 放入番茄與雞胸肉，撒上1/2小匙鹽巴，繼續煮3分鐘。
6 搗碎番茄，等煮出湯汁後，放入糙米鍋巴燜煮2分鐘。
7 倒水，撒上1/2小匙的鹽巴後繼續煮3分鐘。
8 打入雞蛋，蓋上蓋子燜1分鐘至雞蛋變半熟後，盛裝到碗裡，撒上白頭韭菜花與黑胡椒粉。

Tip

如果想用義大利麵取代鍋巴？

可以換成等量的全麥義大利短麵，烹煮時間要比包裝上寫的時間短2分鐘，再將步驟⑥的鍋巴換成義大利短麵，其他步驟皆相同。

如果想自己煮雞胸肉？

鍋裡放入雞胸肉與剛好淹過肉的水量，倒入1小匙米酒，煮滾後轉中火繼續煮12分鐘後放涼，順著紋路撕成細絲。

Tip
可換成家裡現有的蔬菜，讓濃湯碗的風味變得更多樣。

美式辣雞湯碗

高蛋白　高纖

431 kcal

碳水化合物 47.2%　蛋白質 32.6%　脂肪 20.2%

美式雞湯麵對許多美國人而言是靈魂食物，本篇食譜則改用雞腿肉，開發成能更輕鬆料理的濃湯碗。放入兼具美味與營養均衡的蔬菜與雞胸肉，徹底煮滾後搭配全麥義大利麵，再加上辣椒粗片增添辣味，便完成一道有充分飽足感、又能讓身體暖和起來的濃湯碗。

食譜請參閱第170頁

美式辣雞湯碗

20～25分鐘

- 全麥螺旋麵 1/2杯（或其他義大利麵，30g）
- 雞腿肉 1塊（或雞胸肉，100g）
- 高麗菜 3片（手掌大小，90g）
- 洋蔥 1/4顆（50g）
- 胡蘿蔔 1/5根（40g）
- 芹菜 10cm（可以省略，20g）
  * 高麗菜、洋蔥、胡蘿蔔以及芹菜可以換成等量的其他蔬菜
- 橄欖油 1小匙
- 鹽巴 1/3小匙
- 辣椒粗片 1/2小匙（可以根據喜好調整用量，或省略）
- 水 2杯（400ml）
- 黑胡椒粉 少許
- 帕達諾乾酪粉 1大匙（或披薩乳酪絲 2 大匙）

雞腿肉調味

- 蒜泥 1大匙
- 味醂 1大匙
- 鮪魚露 1大匙（或釀造醬油）
- 黑胡椒粉 少許

1. 雞腿肉切成1cm大小的塊狀，與雞腿肉調味的食材放入小碗中拌一拌。
2. 高麗菜、洋蔥、芹菜以及胡蘿蔔切成丁狀。
3. 湯鍋中倒入煮全麥螺旋麵的水5杯＋鹽巴1小匙，煮滾後放入全麥螺旋麵，烹煮時間要比包裝上寫的時間短2分鐘，用濾網瀝乾水分。
4. 湯鍋預熱後倒橄欖油，洋蔥，轉中火翻炒1分鐘。
5. 步驟①的雞腿肉放入鍋中，翻炒2分鐘至表面金黃。
6. 放入高麗菜、胡蘿蔔以及芹菜，撒上鹽巴與辣椒粗片，繼續翻炒2分鐘。
7. 倒入水後繼續煮3分鐘。
   * 過程中要將浮在表面的浮沫撈掉。
8. 放入煮好的螺旋麵，繼續煮3分鐘後撒上黑胡椒粉，盛裝到碗裡，撒上帕達諾乾酪粉。

Tip

如果想換成其他食材，吃得更多樣？

放入濃湯裡的蔬菜可以換成南瓜與菇類等各種蔬菜，創造新鮮的滋味。

高蛋白 高纖

牛肉女巫濃湯碗

473 kcal

碳水化合物 50.5%　蛋白質 30.3%　脂肪 19.2%

一道將能抗發炎的番茄、青花菜、洋蔥以及胡蘿蔔等一起燉煮而成的濃湯碗。色澤與模樣宛如童話故事中女巫煮的湯，才有了女巫湯這個名字。比起使用鹹度較高的調味料，改成放入咖哩粉與辣椒粗片增添香氣與風味。是一碗兼具美味、健康以及營養的萬能濃湯。

Tip
如果想吃得更加輕盈，可以不加牛肉，只放入蔬菜烹煮。

20～25分鐘

- 番茄 1顆
  (或小番茄 10 顆，150g)
- 火鍋牛肉片
  (或燒烤牛肉片、牛里肌以及雞胸肉，100g)
- 水煮鷹嘴豆 1/3杯
  (或馬鈴薯 1/3 顆、地瓜 1/3 顆，60g)
  * 製作方法參考第31頁
- 青花菜 1/6顆（50g）
- 洋蔥 1/8顆（25g）
- 胡蘿蔔 1/8根（25g）
  * 青花菜、洋蔥以及胡蘿蔔可以換成等量的其他蔬菜
- 橄欖油 1/2大匙
- 鹽巴 1/2小匙
- 辣椒粗片 1/2小匙
  (可以根據喜好調整用料，或省略)
- 咖哩粉 1/2大匙
- 水 1又1/2杯（300ml）
- 黑胡椒粉 少許

牛肉調味

- 味醂 1大匙
- 釀造醬油 1大匙
- 蒜泥 1大匙
- 蔥花 1大匙

1 青花菜、洋蔥、胡蘿蔔以及番茄切成丁狀。
2 用廚房紙巾按壓吸乾牛肉的血水後切成塊狀，與牛肉調味的食材放入小碗中拌一拌。
3 湯鍋預熱後倒橄欖油，放入牛肉，轉中火翻炒2分鐘。
4 放入青花菜、洋蔥、胡蘿蔔、番茄以及水煮鷹嘴豆，繼續翻炒2分鐘。
5 撒上鹽巴、辣椒粗片以及咖哩粉，繼續翻炒1分鐘。
6 倒入水後繼續煮3分鐘，最後撒上黑胡椒粉。

Tip

如果想放起司增添風味？

可以在最後一個步驟中放入披薩乳酪絲1/2杯或帕達諾乾酪粉2大匙。起司能增添濃郁風味，也可以提升脂肪攝取量。

嫩豆腐海帶濃湯碗

高蛋白 低碳水 高纖

549 kcal

碳水化合物 40.6% 蛋白質 34% 脂肪 25.5%

適合在早上享用的熱呼呼濃湯碗。有著類似海帶湯的風味，再加上燕麥片與嫩豆腐，適合大口吃入。還放了滿滿的牛肉與蔬菜，不僅充滿飽足感，更能嚐到多樣的口感。

20～25分鐘

- 燕麥片 約1/3杯
  （或糙米鍋巴，30g）
- 火鍋牛肉片
  （或燒烤牛肉片、牛里肌以及雞胸肉，100g）
- 乾海帶芽 5g
- 冰箱現有的蔬菜 100g
  （洋蔥、胡蘿蔔以及香菇等）
- 嫩豆腐 1/3盒（或韓式嫩豆腐，90g）
- 紫蘇油 1大匙（或芝麻油）
- 鮪魚露 1大匙（或湯醬油）
- 水 1又1/2杯（300ml）
- 鹽巴 少許
- 胡椒粉 少許

牛肉調味

- 味醂 1大匙
- 鹽巴 少許
- 胡椒粉 少許

1 乾海帶芽放入小碗中，倒入可剛好淹過海帶芽的冷水，靜置5分鐘以上泡開海帶，一定要徹底去除水分後再切成2～3等分。
2 用廚房紙巾按壓吸乾牛肉的血水後，切成1cm寬的片狀，與牛肉調味的食材拌一拌。
3 冰箱現有的蔬菜切成0.5cm大小的丁狀。
4 湯鍋預熱後倒紫蘇油，放入牛肉，轉中火翻炒1分鐘，再放入海帶、蔬菜，倒入鮪魚露後繼續翻炒3分鐘。
  * 炒蔬菜時倒入鮪魚露，能讓鮪魚露的味道與香氣滲入蔬菜，變得更加美味。
5 湯鍋放入燕麥片，倒水後維持中火煮至沸騰，再繼續煮2分鐘。
6 撒上鹽巴，放入嫩豆腐並將豆腐搗成大塊狀，繼續煮1分鐘後關火，撒上胡椒粉。

按照食材分類

一週食譜 規劃表

	早餐碗	午餐碗	晚餐碗	備註
週一				
週二				
週三				
週四				
週五				
週六				
週日				

memo

愛日常 010

一碗好享瘦

吃得營養，也能瘦，輕鬆吃出健康體態

作者　裴靜恩
譯者　黃鏡芸

出版者　愛米粒出版有限公司
地址　台北市 10445 中山北路二段 26 巷 2 號 2 樓
編輯部專線　（02）25622159
傳真　（02）25818761【如果您對本書或本出版公司有任何意見，歡迎來電】

總編輯　陳品蓉
責任編輯　許嘉諾
美術設計　賴姵伶
印刷　上好印刷股份有限公司
初版　二〇二五年七月一日
定價　460 元
讀者專線　TEL：(02) 23672044 / (04) 23595819#212
FAX：(02) 23635741 / (04) 23595493
E-mail：service@morningstar.com.tw
郵政劃撥　15060393（知己圖書股份有限公司）
法律顧問　陳思成
國際書碼　978-626-7601-16-7

國家圖書館出版品預行編目 (CIP) 資料

一碗好享瘦 : 吃得營養 , 也能瘦 , 輕鬆吃出健康體態 / 裴靜恩著 ; 黃鏡芸譯 . -- 初版 . -- 臺北市 : 愛米粒出版有限公司 , 2025.07
面 ; 公分
譯自 : 매일 만들어 먹고 싶은 탄단지 밸런스 건강볼
ISBN 978-626-7601-16-7(平裝)
1.CST: 食譜 2.CST: 健康飲食 3.CST: 減重
427.1　　114006535

因為閱讀，我們放膽作夢，恣意飛翔。
在看書成了非必要奢侈品，文學小說式微的年代，愛米粒堅持出版好看的故事，
讓世界多一點想像力，多一點希望。